죽이지 마라

죽이지 마라

변춘란 옮김 바다출판사

톨스토이

목차

일러두기

- 이 책은 러시아 국립문학출판사(모스크바, 1928~1958)가 출간한 《톨스토이 전집》 중 비폭력과 반전평화에 대한 글을 선별해 번역하였습니다.
- 이 책에 나오는 성경구절은 개역개정판 《성경전서》를 기본으로 하되 옮긴이가 원문 내용을 반영하여 번역하였습니다.
- 본문 하단에 있는 주는 저자의 것입니다. 옮긴이 주는 문장 뒤에 '옮긴이'로 표시하였습니다.
- 본문 중 대괄호([ ]) 안의 내용은 독자의 이해를 돕기 위해 옮긴이가 추가한 것입니다.
- 인명, 지명을 비롯한 외래어는 국립국어원의 외래어표기법을 따랐으나 몇몇 경우 일상적으로 널리 쓰이는 용례가 있으면 이를 참고하였습니다.
- 단행본과 정기간행물 등은 겹화살괄호(《 》)로 표기하였으며, 단편·시·논문·기사·장절 등의 제목은 홑화살괄호(〈 〉)로 표기하였습니다.

애국주의인가 평화인가?[1]

친애하는 선생님,

선생님은 내게 북미합중국과 영국의 경우에 대해 "기독교적 일관성과 진정한 평화의 중요성이라는 측면에서" 언급해 달라고 쓰셨습니다. 또한 "금명간 각국 인민은 국제적인 평화를 보장하는 단일한 수단을 향해 각성해 나아가"리라는 희망을 피력하시고 계십니다.

---

1 이 글은 1895년 영국의 저널리스트 존 맨슨의 편지(12월 24일)에 대한 답변이다. 맨슨은 톨스토이에게 베네수엘라 국경 문제로 당시 미국과 영국 간에 벌어진 충돌과 관련해서 언급해줄 것을 청탁하였다. 1880년대 말 북미합중국과 영국 간의 위험천만한 경쟁은 풍부한 금광 지대와 석유산지가 발견된 베네수엘라와 관련되어 있었다(톨스토이 전집 90권 해설 등 참조).―옮긴이

나 또한 동일한 희망을 품고 있어요. 이러한 희망을 품는 이유는, 애국주의를 찬양하고 젊은 세대들을 애국주의라는 미신으로 양육하면서도, 애국주의의 불가피한 후과인 전쟁은 바라지 않는 각국 인민의 미혹된 상태가 최종 단계에 이르렀다고여겨지기 때문입니다. 이러한 단계에서는 사람들이 스스로 처해있는 개탄스러운 모순을 깨닫게끔 편견 없는 각자의 입에서나오는 가장 솔직한 판단이면 충분하겠지요.

종종 아이들은 두 가지 양립할 수 없는 사안 중에서 선택을요구받으면, 둘 다를 원하는 경우 이것저것 다 하고 싶다고 대답하지요. 가령, 마차를 타고 돌아다니고 싶은지 집에서 놀고싶은지 물으면 둘 다를 하겠다고 말합니다.

기독교 인민들 또한 이러한 일생일대의 문제에 대해 동일하게 답변합니다. 애국주의인가, 평화인가 양 사안 중 무엇을 선택할 것인가? 그들은 마차 여행과 동시에 집에 남는 것처럼 결합이 불가능한 일인데도 애국주의와 평화 둘 다를 선택하지요.

최근 북미합중국과 영국 간에 베네수엘라 국경 문제로 충돌이 벌어졌습니다. 솔즈베리[2]가 무언가에 동의하지 않았고 클리블랜드[3]가 상원에 교서를 제출하자, 양측에서는 애국주의의 호전적인 외침이 터져 나왔고 거래소에는 공황상태가 벌어져서

2　로버트 게스코인 세실Robert Gascoyne-Cecil(1830~1903): 제3대 솔즈베리 후작으로 1885년부터 44대, 46대, 49대 보수당 영국 총리를 역임했다.—옮긴이

3　스티븐 그로버 클리블랜드Stephen Grover Cleveland(1837~1908): 민주당 후보로 나와 22대와 24대 미국 대통령을 역임했다.—옮긴이

사람들은 수백만 파운드와 달러를 잃었습니다. 에디슨은 [훈족의 왕] 아틸라가 전쟁을 벌여 죽인 것보다 더 많은 사람들을 일거에 죽일 수 있는 포탄을 발명하겠다고 나서고, 두 나라 사람들은 정력적으로 전쟁 준비태세에 돌입했어요. 그런데 영국과 마찬가지로 미국에서도 이러한 전쟁 준비와 동시에 다양한 문학가들, 왕자들과 정치가들이 나서서 전쟁을 자제할 것, 불화거리가 전쟁을 벌여야 할 만큼 중요하지 않다고 양국 정부를 설득하기 시작했지요. 특히, 서로 전쟁을 벌일 게 아니라 가만히 여타의 국가들에 군림할법한 단일한 언어로 말하는 앵글로색슨 친족 국가 사이에 말이죠. 이것 때문일까요? 아니면 각종 주교며 부주교, 성직자들이 교회에서 이와 관련한 기도며 설교를 행하기 때문일까요? 그도 아니면 이쪽저쪽 모두 스스로 아직 준비되지 않았다고 여기기 때문일까요? 아무튼 이번엔 전쟁으로 번지지 않아서 사람들은 안도하고 있지요.

그런데 영국과 미국 간의 충돌을 빚은 원인이 그대로 남아있음을 보지 못할 만큼 이리도 통찰력perspicacité이 부족한 것은 어쩔할까요. "이번 충돌은 전쟁 없이 해결된다손 쳐도, 현재 날마다 벌어지는 것처럼 있을 법한 온갖 세력 이동 상황에서 불가피하게 내일모레면 영국과 미국, 영국과 독일, 영국과 러시아, 영국과 터키 간에 또 다른 충돌이 벌어질 테지요. 그 가운데 어떤 것은 불가피하게 전쟁으로 이어질 테고요."

이를테면, 무장한 두 사람이 서로 옆집에 산다고 합시다. 이 두 사람은 세력, 부, 명예가 최고의 미덕이므로 무기를 들고 다른 이웃들에게 해를 끼쳐가며 세력과 부, 명예를 획득하는 것이 최고로 찬양할만한 사안이라고 어릴 적부터 주입받았다고 합시다. 그런데도 이 두 사람에 대한 아무런 도덕적, 종교적, 국가적 제약도 소용이 없다면, 그런 자들은 항상 싸움질을 벌일 테고 두 사람 간의 정상적 관계가 전쟁이 되는 건 명백하지 않은가요. 그 같은 자들은 맞붙어 싸우다가 일시적으로 갈라서기를 pour mieux sauter[4]라는 프랑스 속담처럼 해냅니다. 다시 말해, 더 멀리 뛰어서 더 광포하게 서로에게 덤벼들기 위해서 물러선다는 거지요.

개개인의 에고이즘이 끔찍하기는 해도, 사적 생활을 영위하는 에고이스트들은 무장을 하지도 않고, 제 경쟁자들을 상대로 하여 무기를 장만하거나 사용하는 것을 훌륭하게 여기지도 않습니다. 개개인들의 에고이즘은 국가 권력이나 여론의 통제하에 있기 때문이지요. 손에 무기를 들고 이웃에게서 암소나 파종한 1데샤티나[1,092헥타르]의 땅을 빼앗은 개인은 즉각 경찰에 체포되어 감옥에 갇힙니다. 게다가 그런 사람들은 여론의 비난을 받으며 도둑이나 약탈자로 불리게 되지요. 그런데 국가가 관련되면, 전혀 다른 사안이 됩니다. 모든 국가는 무장력을 갖추었는데, 국가를 통제할만한 권력은 새를 잡으려고 꼬리에다 소금을 뿌리는 식의 우스꽝스러운 국제회의 창립 시도 외에는 어떤 것도 없어요. 그런 국제회의는 강대한 (바로 이걸 위해

---

4 더 잘 뛰기 위해 물러서야 한다는 뜻.—옮긴이

그리고 누구의 말도 경청하지 않으려는 속셈으로 무장한) 국가들이 결코 채택할 리가 없겠지요. 개인의 온갖 폭력은 징벌하면서도 제 조국의 세력 강화를 위해 타국의 것을 점유하는 온갖 행위는 애국주의의 미덕으로 떠받드는 사회여론이 그 핵심에 있습니다.

원하시거든 아무 때나 신문을 펼쳐보세요. 늘 당신은 매 순간 흑점, 즉 언제든 터질 법한 전쟁의 동인을 찾을 수 있을 겁니다. 그런 지점은 수시로 조선, 파미르 고원, 아프리카 땅, 아비시니아[에티오피아], 아르메니아, 터키, 베네수엘라, 트란스발로 바뀔 테지만요. 강탈 행위가 단 한순간도 멈추지 않고, 여기 또는 저기서 소규모 전쟁이 그침 없이 연쇄 총격전처럼 벌어지는 터이니 언제가 되건 진짜 대규모 전쟁이 벌어지고 말겠지요.

미국인이 다른 모든 국가들에 비해 자국의 위력과 번영을 더 바란다고 치면, 똑같은 것을 영국인이나 러시아인도 바랄 테지요. 터키인, 네덜란드인, 아비시니아인, 베네수엘라와 트란스발 시민, 아르메니아인, 폴란드인, 체코인도 역시 그렇습니다. 그들 모두는 이러한 염원을 숨기거나 억누를 필요가 없을 뿐만 아니라, 이러한 염원을 자랑으로 여기고 더욱 발전시켜야 한다고 확신합니다. 어떤 나라나 민족의 강대함과 번영이 다른 어떤 나라 또는 이따금 다수의 다른 나라와 민족에 손실을 끼치는 방법 말고는 획득되지 않는다면, 어떻게 전쟁이 벌어지지 않게 할 수 있을까요. 따라서 전쟁이 발발하지 않게 하려면, 설

11

교나 하느님께 평화롭게 해달라는 기도가 필요한 게 아닙니다. 여타의 민족들 위에 군림하려고 'English speaking nations'[5]가 서로 우애를 갖자는 설득도, 서로 대립하는 양자 또는 삼자 동맹 조직도, 타 민족 공주들과 왕자들 간의 결혼도 소용없어요. 그보다는 전쟁을 배태시키는 요인을 제거해야 하겠지요. 전쟁을 배태시키는 요인은 바로 자기 민족의 배타적인 융성에 대한 염원, 즉 애국주의라 불리는 것입니다. 그러므로 전쟁 요인을 제거하기 위해서는 애국주의를 제거해야 합니다. 애국주의를 제거하려면 무엇보다 우선 그게 악임을 확신해야 하는데, 바로 그걸 해내기가 용이하지 않은 것이죠.

전쟁이 악질적이라고 말하면 사람들은 비웃습니다. 대체 그걸 누가 모르냐는 거지요. 애국주의가 악질적이라고 말해보세요. 대개는 이에 동의하면서도 소소한 단서를 답니다. 악질적인 애국주의가 해로운 것이라며, 자신들이 견지하는 또 다른 애국주의가 존재한다는 거지요. 그런데 그런 훌륭한 애국주의가 무언지는 아무도 설명을 못합니다. 많은 사람들의 말처럼 훌륭한 애국주의가 침략적이지 않게끔 하는 것이라면, 설령 그것이 침략적이지는 않더라도 틀림없이 저지하는 것이어서 이전에 정복한 것을 붙들어 두려는 것입니다. 왜냐하면 정복에 기초하지 않고서 세워진 나라는 없으며, 거기다 정복한 것을 붙들어 두는 것은 그게 무엇이든 정복할 때의 수단, 즉 폭력과

---

5 영어로 말하는 국가들

살해 이외의 다른 수단에 의해서는 불가능하기 때문이지요. 애국주의가 심지어 저지하는 것도 아니라면, 그것은 회복하자는 것이어서 아르메니아인, 폴란드인, 체코인, 아일랜드인 등 정복당해 억압받는 민족의 애국주의입니다. 이러한 애국주의는 거의 최악에 가깝지요. 너무나 격분한 나머지 최대의 폭력을 요구하는 것이기 때문입니다.

훌륭한 애국주의는 존재할 수 없습니다. 어째서 오히려 억제할 수 있는데도 사람들은 훌륭한 에고이즘이 있을 수 있다고는 말하지 않는 걸까요? 에고이즘은 인간이 갖고 태어나는 자연스런 감정이고, 애국주의는 인위적으로 인간에게 접목된 부자연스런 감정이기 때문입니다.

누군가는 '애국주의가 사람들을 국가로 결집해서 국가의 통일을 유지시킨다'고 말할지도 모릅니다. 하지만 사람들은 이미 국가로 통일되었고, 그런 일이라면 다 완수되었어요. 그런 마당에 자기 국가에 대한 사람들의 각별한 충성심은 무엇을 위한 걸까요? 그러한 충성심이 모든 국가와 국민들에게 무시무시한 재앙을 야기하는 데도 말이지요. 예전에 사람들을 국가로 통합시킨 바로 그 애국주의가 지금은 그 국가들을 붕괴시키는 형편입니다. 만약 영국인들의 애국주의처럼 애국주의가 단 하나뿐이라면, 그것을 통합하는 것 또한 유익한 것으로 여길 수도 있겠지요. 그러나 지금처럼 미국, 영국, 독일, 프랑스, 러시아 등 모든 애국주의가 서로 상반되는 마당에, 애국주의는 이미 통합하는 것이 아니라 분열시키는 것입니다. 그리스와 로마의 개화기 애국주의가 사람들을 국가로 통합시키는 데 유용하게 작용했다고 해서, 기독교 생활이 1800년 지속된 지금도 애국주의가 그만큼이나 유익하다고 말하는 사람들이 있지요. 그것은 들판에 씨 뿌리기에 앞서 쟁기질이 이롭고 유익하므로, 이미 싹이 튼 지금도 쟁기질은 여전히 유익하다고 말하는 것과 마찬가지입니다.

사람들이 사원과 무덤 등을 옛 기념비로 보존하고 유지하듯, 과거 한때 애국주의가 가져온 이점에 대한 기억 속에 그것을 보존하는 일은 훌륭할지도 모릅니다. 하지만 사원은 사람들에게 어떤 해악도 끼치지 않고 서있는 반면, 애국주의는 무수한 재앙을 그침 없이 양산하지요.

아르메니아인과 터키인은 지금 무엇 때문에 고통을 겪고 살육전을 벌이며 야수처럼 행동하는 걸까요?[6] 어째서 터키 이후 각자 자기 몫의 유산 챙기기에 안달인 영국과 러시아는 아르메니아의 격전을 중단시키지 않고 때만 엿보는 걸까요? 어째서 아비시니아인과 이탈리아인은 살육전을 벌이나요? 어째서 베네수엘라를 두고 하마터면 끔찍한 전쟁이 벌어질 뻔했으며, 지금은 트란스발 차례가 된 건가요? 그리고 중일 전쟁, 터키 전쟁, 독일 전쟁, 프랑스 전쟁은 무슨 이유일까요? 아르메니아, 폴란드, 아일랜드 같은 피정복 민족들의 격분! 모든 민족들이

---

6 1894~1896년 오스만제국에서 연이어 벌어진 아르메니아인 대량학살 사건을 말한다. —옮긴이

전쟁 준비태세에 들어간 것은 어떻습니까? 이런 모든 것이 애국주의의 산물입니다. 이런 감정 때문에 피바다가 흘렀고, 그로 인해 또 흐르게 될 테지요. 만약 시대에 뒤떨어진 이러한 옛 잔재에서 벗어나지 못한다면 말입니다.

나는 이미 몇 차례 애국주의에 대한 글, 즉 그것이 그리스도의 가르침은 물론 이상적인 의미에서 기독교계 윤리의 최소 요구와도 전면 불일치한다는 글을 써야 했습니다.[7] 이러한 나의 논지에는 매번 침묵이 따르거나 아니면, 제가 피력한 생각이 신비주의, 무정부주의, 세계시민주의의 유토피아적 발현이라는 오만한 지적이 돌아왔어요. 자주 나의 생각은 압축된 형태로 거듭되었는바, 그에 반대 의견을 제시하는 대신 그저 그런 생각은 세계시민주의에 불과하다고만 첨가되었지요. 마치 '세계시민주의'라는 말이 나의 모든 논지에 대한 변경할 수 없는 반박이라도 되는 듯 말입니다.

신중하고 노련하며 영리하고 선량하면서도 산 정상의 도시처럼 버텨선 사람들, 스스로의 실례를 들어가며 부지중에 대중을 지도하는 사람들은 애국주의의 적법성과 유익성이 너무나 명백해서 의심의 여지가 없다는 듯이 행세하지요. 이 성스러운 감정에 대한 경솔하고 무분별한 공격에는 답변할 가치가 없다는 듯 말입니다. 그런데도 어릴 적부터 기만당하고 애국주의에

---

7 대표적으로 1893~1894년에 집필된 〈기독교와 애국주의〉를 거론할 수 있다.─옮긴이

감염된 대다수의 사람들은 그 오만한 침묵을 아주 설득력 있는 논거로 받아들이고, 스스로의 몽매함에 빠져있기만 합니다.

그런즉, 자기 처지로 보아 대중을 재난에서 구할 수 있는 사람들이 그러한 일을 하지 않는 것은 너무나 큰 죄악입니다.

세상에서 가장 끔찍한 해악은 위선입니다. 그리스도가 단 한 번 격노한 것은 공연한 것이 아닌바, 그것은 바리새인들의 위선 때문이었지요.

하지만 우리 시대의 위선과 비교한다면 바리새인들의 위선은 어떠했을까요. 우리 시대 사람들에 비해 위선자 바리새인은 극히 정직한 사람들이었고, 그들이 위선을 부리는 솜씨는 우리 시대의 그것에 비하면 아이들 장난감에 불과합니다. 그것은 달리는 비교될 수가 없어요. 기독교, 순종과 사랑의 가르침을 신봉하는 우리의 생활이 무장력을 갖춘 약탈 진영의 생활과 결합되는 것은 전적으로 끔찍한 위선과 다름없는 경우입니다. 위선은 어떤 가르침을 설파하는 데 아주 편리합니다. 그 가르침의 한쪽 끝에는 기독교적 신성함에 따른 무과오성이, 다른 한쪽 끝에는 이교의 칼과 교수대가 있지요. 따라서 신성성으로 경외하게 해서 기만할 수 있을 경우라면 신성성이 전면에 등장하고, 그 속임수가 효과 없으면 칼과 교수대가 등장합니다. 그러한 가르침은 아주 편리하지만, 그러한 거짓의 거미줄이 사방으로 흩어질 때가 오게 마련입니다. 그러면 더는 이도 저도 지탱하지 못하게 되어 별수 없이 이쪽이나 저쪽에 가담하게 되는 거지요. 바로 이런 상황이 지금 애국주의 가르침과 관련해서

도래하고 있습니다.

　사람들이 바라든 말든 인류 앞에 서있는 질문은 명백합니다. **사람들에게 육체적으로나 도덕적으로 무수한 고통을 안기는 애국주의가 어떤 방식으로 긴요하거나 고결한 것이 될 수 있느냐는 거지요.** 이 질문에 대한 답변은 필수적입니다. 애국주의는 그것이 야기하는 무서운 재앙을 모두 만회할 만큼의 위대한 혜택이라고 제시해야 하는가, 아니면 애국주의는 사람들에게 접종하거나 주입할 필요가 없을 뿐만 아니라 전력을 다해 벗어날 노력을 기울여야 하는 해악임을 인정해야 하는가.

　프랑스인들은 "c'est à prendre ou à laisser"[8]라고 곧잘 말합니다. 만약 애국주의가 유익한 것이라면, 평화를 제공하는 기독교는 헛된 몽상이라서 이 가르침의 근절은 빠르면 빠를수록 더 좋겠지요. 기독교가 실제로 평화를 제공하며 우리가 실제로 평화를 바란다면, 애국주의는 야만시대의 잔재에 불과합니다. 그러므로 우리가 지금 행하듯 그것을 자극하거나 육성할 필요가 없을 뿐만 아니라 설파와 설득, 멸시, 조롱 같은 모든 수단을 다 동원해서 청산해야 합니다. 기독교가 진리이고 우리가 평화롭게 살기를 바란다면, 자기 조국의 세력화에 동조하지 말아야 할 뿐 아니라 조국의 세력 약화에 기뻐하고 거기에 협력해야 하겠지요. 그렇다면 러시아로부터 폴란드, 발트 연안 지방, 핀란드, 아르메니아가 분리될 경우 기뻐해야지요. 또한 영

8　"벗어나든지 말든지 원하는 대로 하세요."

국인은 아일랜드, 오스트레일리아, 인도 등 다른 식민지와 관련하여 동일한 상황에 기뻐하며 여기에 협력해야 합니다. 국가가 더 커질수록 애국주의는 더 악독하고 잔인해지며, 국가의 위력은 더 큰 고통 위에서 세워지기 때문입니다. 그러므로 우리가 만일 진정 고백하는 바대로 살고자 한다면, 지금처럼 자기 나라의 확장을 염원할 게 아니라 자기 나라의 축소와 약화를 염원하고 전력을 다해 여기에 협력해야 합니다. 그런 방식으로 젊은 세대 또한 양육해야 하겠지요. 지금 젊은 사람이 예컨대, 다른 사람 몫을 남기지 않고 혼자서 다 먹어치우거나 자기가 지나가기 위해 약자를 길에서 밀치고 다른 사람에게 필요한 것을 강제로 빼앗는 식의 거친 에고이즘을 발휘하는 걸 부끄러워하듯, 제 조국의 세력 확장을 염원하는 걸 부끄러워하도록 젊은 세대를 길러야 합니다. 그와 마찬가지로 자화자찬이 어리석고 우습게 여겨지듯, 그처럼 자국 찬양이 (어리석은 일로) 간주되게 해야 합니다. 지금은 다중의 거짓된 조국의 역사와 그림이며, 기념비, 교과서, 논설, 시편, 설교, 어리석은 국민 찬가에서 그런 찬양이 행해지는 실정이지요. 그런데 우리가 애국주의를 찬양하고 젊은 세대에게 함양하는 한, 여러 민족의 육체적, 정신적 삶을 파괴하는 무장이 지속될 터이고 끔찍하고 무시무시한 전쟁들이 이어진다는 사실을 파악해야겠지요. 우리가 지금 준비태세를 갖춰가며 극동의 무서운 신생 전사들을 우리의 애국주의로 타락시키고자 끌어들이는 상황과 같은 전쟁 말입니다.

우리 시대의 가장 희극적인 인물 가운데 한 사람인 빌헬름 황제[9]는 웅변가이자, 시인이며, 음악가, 극작가, 화가이며 주로는 애국주의자이기도 한데, 그가 최근에는 유럽의 모든 민족이 해안에 칼을 차고 서서 미카엘 대천사의 지시를 받들어 저 멀리서 아른거리는 붓다와 공자의 형상을 바라보는 그림을 그렸지요. 빌헬름의 의도대로라면, 그것은 유럽의 전 민족이 저 멀리서 밀려오는 위험에 대항하기 위해 통합되어야 함을 의미해야 합니다. 1800년 뒤처진 그의 이교도적이고 거친 애국적인 관점에서 보면, 그는 전적으로 옳은 셈이지요.

유럽의 민족들은 자국의 애국주의를 위해 그리스도를 망각하고 평화로운 민족들을 점점 더 격앙시켜 그들에게 애국주의와 전쟁을 깨우치고, 지금은 그들을 부추기고 있습니다. 우리가 그리스도의 가르침을 망각한 것처럼, 일본과 중국이 붓다와 공자의 가르침을 완전히 망각한다면 그들도 곧 사람들을 죽이는 기술을 터득하게 되겠지요(일본이 이미 보여줬듯이, 다들 곧 깨우치게 되겠지요). 대담하고 약삭빠르며 강력한 다수이기에 이들은 자칫 유럽이 에디슨의 무기나 고안품보다 더 강력한 무엇인가를 대치시키지 못한다면, 유럽 국가들이 아프리카에서 벌이는 것과 마찬가지 상태로 유럽 국가들을 몰아넣을 것임에 틀림없어요. "제자가 그 선생보다 높지 못하나 온전하게 된 자

9   빌헬름 2세Wilhelm II(1859~1941): 통칭 카이저라 불리며, 1차 세계대전을 일으킨 독일 제국 황제이자 프로이센의 왕이다. 본문은 그의 황화론黃禍論으로 유명한 그림(1895)에 대한 비판이다. ─옮긴이

는 그 선생과 같으리라."(누가복음, 6:40)

도통 굴복하지 않은 어느 남부 민족을 정복하려면 군대를 어떤 방식으로 얼마나 증강해야 하는가라는 어느 왕의 물음에 공자는 이렇게 답했지요. "왕의 군대부터 없애시오. 그리고 왕께서 지금 군대 유지에 쓰시는 걸 인민 계몽과 농업 개선에 사용한다면, 남부 민족은 저희 왕을 내쫓고 전쟁 없이 전하의 권력에 복종할 것입니다."

공자는 다들 조언하기를 두려워하는 사실을 깨우쳐준 것이죠. 우리는 그리스도의 가르침도 망각하고 그를 저버린 채 완력으로 여러 민족을 정복하고자 하는 바, 그럼으로써 우리는 이웃 나라보다 더 강력한 새로운 적을 예비하는 것이지요.

나의 어느 지인은 빌헬름의 화폭을 보고서 이렇게 말하더군요. "그림이 아주 멋져요. 그런데 저 그림은 그 밑에 적힌 글과 의미가 전혀 다르네요. 무기를 찬 약탈자의 모습으로 그려진 유럽의 모든 정부들에게 미카엘 대천사가 그들을 파괴해 없애버릴 만한 것을 가리키고 있군요. 붓다의 온화함과 공자의 합리성 말이죠." 그이는 거기다 '노자의 겸양'을 덧붙일 수 있었지요. 실제로 우리는 스스로의 위선에 힘입어 그리스도를 망각하고 각자의 생활에서 기독교적인 요소를 심각하게 제거해버렸지요. 그 바람에 붓다와 공자의 가르침은 우리 허위적 기독교 민족들이 지침으로 삼는 야수적인 애국주의보다 비할 바 없이 더 높은 수준에 있지요.

그런즉 유럽과 기독교 세계의 구원은, 빌헬름이 그렸듯이 칼을 차고 서있는 약탈자들처럼 바다 건너의 제 형제들을 죽이려고 달려드는 데 있는 게 아니라, 오히려 야만적인 시대의 잔재, 즉 애국주의를 거부하는 데 있습니다. 애국주의를 거부하고 무기를 벗어던져 동양의 민족들에게 거친 야수성의 실례가 아닌, 우리가 그리스도께 배운 형제적 생활의 본보기를 제시해야 하겠지요.

1896년 1월 5일
모스크바에서

끝이 가까워온다

1896년 올해 네덜란드에서 반 데르 베르라는 젊은이가 국민 군에 소집된 바 있다. 반 데르 베르는 사령관의 요구사항에 다음과 같은 편지[10]로 답했다.

"죽이지 마라."

게르만 스네이데르스

---

[10] 이 글을 집필하게 된 구체적 계기로 작용한 것은 1896년 네덜란드 작가이자 저널리스트 반 데일이 톨스토이의 생일을 축하하는 편지를 보내면서 동봉한 편지 형식의 선언문 사본이다. 선언문에서는 당대의 '청년 사회주의자'의 일면 또한 엿볼 수 있다. 애초 톨스토이는 자신의 글의 제목을 고대 로마 때부터 격언처럼 전해지는 "Carthago delenda est(카르타고는 파괴되어야 한다)"라고 정했다가 변경했다. ─옮긴이

미델뷔르흐 지역 국민군 사령관님께

자애로운 사령관님!

지난주에 저는 법률에 따라 국민군에 입대하기 위해 도시 의회에 출두하라고 명령한 서류를 받았습니다. 사령관님은 분명 알아차리셨을 듯한데, 저는 출두하지 않았습니다. 그리고 본 편지를 쓰는 목적은 제가 위원회에 출두할 뜻이 없음을 사령관님께 공개적으로 우회 없이 통지해드리는 데 있습니다. 스스로 자신에게 무거운 책임을 안기고 있으며, 사령관님이 저를 처벌하시리라는 것, 이러한 권리를 필히 사용하시리라는 사실을 잘 알고 있습니다. 하지만 그것 때문에 두렵지는 않습니다. 이런 소극적인 저항이나마 발휘하게끔 저를 각성시키는 여러 가지 동기들은 책임 사항에 맞먹을 충분히 의미심장한 균형추를 저에게 부여합니다.

비록 저는 기독교인은 아니지만, 이 편지의 첫 부분에 있는 계율, 인간의 본성과 이성에 내재한 계율을 대부분의 기독교도보다 더 잘 파악하고 있습니다. 이미 아이 적에 저는 병사의 직능, 즉 살해 기술을 익혀본 적이 있습니다. 하지만 지금은 거부합니다! 저는 특히나 구령에 맞춰 살인하는 것을 원치 않습니다. 그것은 아무런 개인적 동기도 없이 혹은 어떤 기반도 없이 양심을 거스르는 살해 행위이기 때문입니다. 사령관님은 혹여 그와 같은 살해 혹은 학살의 완수보다 더 인간에게 굴욕적인 것을 거명할 수 있는지요? 저는 어떤 동물이라고 해도 그걸 죽이는 것은 물론, 죽이는 걸 보고 있을 수도 없습니다. 그래서 저는 동물들을 죽이지 않게끔 채식주의자가 되었습니다. 그런데 현재의 경우, 제게 결코 아무런 악행도 저지르지 않은 사람들을 쏘라는 '명령이 내려올' 수도 있습니다. 제가 생각하듯, 병사들이 집총 기법을 익히는 이유는 나뭇잎이나 나뭇가지를 맞추라는 것이 아니니까요.

그러나 사령관님은 국민군은 우선적으로 내부 규율 유지에도 역시 협력해야 한다고 제게 말씀하시겠죠.

사령관님, 실제로 우리 사회에 질서가 잡혀있다면, 사회조직이 정녕 건강하다면 말입니다. 달리 말해서, 사회적 관계에서의 너무나 개탄스런 악용이 없다면, 어떤 사람이 변덕스런 사치를 부리고 있을 때 또 다른 어떤 이가 배고파 죽도록 방치하지 않는다면, 그때 사령관님은 그러한 질서의 수호자로서 최선두에 서있는 저를 보게 될 터입니다. 그러나 저는 현재의 이른바 질서라고 불리는 것의 유지에 협력하는 것을 단호히 거부합니다. 사령관님, 피차 눈속임이 무슨 필요가 있겠습니까? 저희 두 사람 모두 이러한 질서의 유지가 무얼 의미하는지 똑똑히 알고 있습니다. 그것은 자신의 권리를 갓 의식하기 시작한 여러 가난한 근로자들에 반하여 부자들을 지원하는 것입니다. 우리는 최근 로테르담에서의 동맹파업 때, 사령관님의 국민군이 행한 역할을 목격하고 말았습니다. 이 국민군은 어떤 근거도 없이 위태한 무역회사의 재산을 지키고자 몇 시간이고 현지 복무를 해야 했습니다. 사령관님은, 어느 한 순간이라도 제가 진심 어린 자기 신념대로 자본과 노동의 전쟁을 지지하는 사람들을 지키는 일에 끝내는 참여할 수밖에 없을 것이라고 예상할 수 있으신지요? 제가 자기 권리의 한계 내에서 전력을 다해 행동하는 노동자들을 향해 총을 쏠 거라는 예상을 말입니다. 사령관님이 그토록 눈먼 자가 되실 수는 없겠지요! 무엇 때문에 문제를 복잡하게 하겠습니까? 사실상 저는 고분고분한 국민군 병사, 즉 사령관님이 바라시고 필요로 하는 어떤 사람으로 나 자신을 변화시키는 과정을 그냥 두고 볼 수는 없습니다.

이 모든 이유들에 근거해서, 특히나 저는 구령에 맞춘 살인을 증오하는 까닭에 국민병 복무를 거부하는 바입니다. 저는 제복이나 무기를 사용하지 않겠다는 확고한 의향을 갖고 있으므로 그것들은 보내지 마시기를 요청합니다.

사령관님께 인사드립니다.

I. K. 반 데르 베르

내 생각에, 이 편지는 아주 각별한 의미를 갖는다. 여러 기독교 국가들에서 벌어진 군복무 거부 행위는 이 국가들에 군복무 제도가 나타났을 때, 아니 그보다는 폭력에 기초한 권력을 갖춘 국가들이 폭력을 포기하지 않은 채 기독교를 도입했을 때부터 시작되었다.

본질상 그것은 다음과 같은 것이나 다름없다. 순종, 무저항,

적까지도 포함한 만물에 대한 사랑을 가르침으로 삼는 기독교인이라면 군인이 될 수가 없다. 다시 말해, 기독교인은 저와 유사한 사람들의 살해만을 임무로 부여받은 사람들 집단에 속할 수가 없는 것이다.

그런 이유로 참된 기독교인들은 항상 군복무를 거부해 왔으며 지금도 거부한다.

그러나 참된 기독교인은 항상 소수였다. 기독교 국가의 거대 다수는 명칭 외에는 참된 기독교와 어떤 공통점도 없는 교회적 신앙을 고백했기 때문에 기독교인으로 간주될 뿐이다. 군대에 입대하는 수만 중에서 이따금 한 사람이 군복무를 거부한다는 것에 대해 해마다 군대에 입대하는 수십만, 수백만은 조금도 당혹스러워하지 않는다.

"군입대를 하는 기독교인 대다수가 잘못 판단하는 거라고 볼 수는 없다. 그저 예외적인 경우만이 옳았다. 종종 교육을 거의 받지 못한 사람들이 군복무를 거부하곤 한다. 반면에 대주교와 학식 있는 사람들은 군복무가 기독교와 공존할 수 있음을 인정한다." 대부분의 사람들은 스스로에게 이렇게 말하면서, 자신을 기독교인이라 여기면서도 평온하게 살인자 대열에 합류한다.

하지만 위의 편지를 쓴 청년은 스스로 자신에 대해 표명하듯 기독교도가 아니다. 그는 종교적인 이유가 아니라, 모두에게 명백하고 공통적인 아주 단순한 이유로 군복무를 거부한다. 그가 어떤 신앙고백을 했건, 어떤 민족이건, 즉 가톨릭 신자인지,

회교도인지, 불교도인지, 유교도인지, 스페인인인지, 아랍인인지, 일본인인지는 관건이 아니다.

　반 데르 베르가 군복무를 거부하는 이유는 그가 '죽이지 말라'는 계율을 따르기 때문도, 기독교인이기 때문도 아니고, 살인 행위가 인간의 이성에 역행한다고 생각하기 때문이다. 그는 그저 각종 살육을 증오하며, 오직 동물 살육의 참여자가 되지 않으려고 채식주의자가 되었을 정도로 살육을 증오한다고 쓰고 있다. 여기서 핵심은 그가 군복무를 거부한 이유가 명령에 맞춘 사살 행위, 즉 죽이라는 명령이 내려진 사람들을 죽이는 임무(특히, 군복무의 핵심)가 인간의 존엄성과 합치될 수 없다고 간주한다는 데 있다. 군복무를 하지 않을 그의 예를 따라 다른 이들 역시 복무하지 않는다면 현존질서가 무너질 것이라는 흔한 반박에 대해, 그는 현존질서를 지지할 생각이 없다고 답변한다. 왜냐하면 현질서는 부자들이 가난한 사람들을 지배하는 졸렬한 것이라서 존재해서는 안 되기 때문이다. 따라서 그에게는 군복무의 필요 여부에 대한 어떤 의문이 있다손 쳐도, 군복무를 하자면 무기를 들고 살해 위협을 하며 핍박받은 가난한 사람들을 거슬러 억압하는 부자들에게 협조하게 될 것이라는 단 하나의 생각으로 그는 군복무를 거부하는 셈이다.

　만약 반 데르 베르가 군복무를 거부하는 이유로 어떤 기독교 종파에 소속된 것을 들었다면, 군대 입대를 앞둔 사람들은 이렇게 말할는지도 모른다. "나는 종파주의자도 아니고 기독교를 인정하지도 않는다. 그러므로 내가 그렇게 행동할 필요는 없다고 생각한다." 하지만 반 데르 베르가 제시하는 동기는 너무나 단순하고 명백하고 모두에게 해당하는 것이어서 그것을 자신에게 적용하지 않기는 불가능하다. 이제는 이러한 동기가 선택적이라고 하려면, 이렇게 말해야 한다. "나는 살인을 좋아하며 적뿐만 아니라 핍박받는 불운한 자국민들도 죽일 태세를 갖추었다. 처음 마주친 상관의 명령에 따라 그가 명하는 모든 이를 죽이겠노라는 약속에 어떤 잘못된 게 있다고 보지 않는다."

정말로 문제는 아주 단순하다.

어떤 젊은이가 살고 있다. 어떤 환경과 가족, 신앙으로 성장했든 그는 선량하게 살아야 하고 인간뿐 아니라 동물을 때리거나 죽이는 일은 퍽이나 고약하다는 교육을 받는다. 또한 인간은 자기 품위를 소중히 해야 하며, 품위는 자기 양심에 맞게 행동하는 데 있다는 교육을 받는다. 이러한 교육은 중국의 유가儒家, 일본의 신도神道 또는 불교, 터키의 회교 신자들도 동일하게 행한다. 이와 같은 교육을 받은 뒤에 갑자기 그는 자신이 받은 교육에 반하는 행동을 요구하는 군대에 입대한다. 그에게는 동물이 아닌 사람에게 부상을 입히고 죽일 태세를 갖추라는 명령이 내려진다. 즉, 자신의 인품을 거부하고 살해 업무에서 알지도 못하는 낯선 사람들의 말에 복종하라는 명령이 내려지는 것이다. 우리 시대의 인간은 그러한 요구에 어떻게 답변할 수 있는가? 분명히 그 답변은 오직 하나이다. "나는 원하지 않으므로 하지 않겠다."

바로 이것을 해낸 이가 반 데르 베르이다. 그리고 난처한 대목은 그나 그와 같은 처지에 놓여서 마찬가지로 행동해야 하는 사람들에게 무슨 응답을 할 수 있느냐이다.

아직껏 주목을 받은 적이 없는 대상은 눈에 띄지 않을 수도 있고, 어떤 행동이더라도 그 행동의 의미가 해명되기 전에는 의미를 납득하지 못할 수도 있다. 하지만 일단 그것이 지적되고 해명되고 나면, 아주 명백한 것을 알아보지 못한다거나 그것이 보이지 않는 척 버티기란 불가능하다.

물론 군대에 입대하면서도 자신이 무엇을 행하는지 생각하지 않은 사람도 있을 법하다. 또한 타민족들과의 전쟁을 원하거나, 계속해서 노동자들을 억압하기를 바라는 사람들, 또는 심지어 살육을 위한 살육을 즐기는 사람들도 있을 수 있다. 그런 사람들은 군인이 될 순 있지만, 그들도 이제는 간과할 수 없는 게 있다. 전 세계의 가장 훌륭한 사람들, 전쟁과 군인들을 혐오와 멸시의 눈으로 바라보는 사람들이 기독교도뿐만 아니라 회교도, 브라만교도, 불교도, 유교도 가운데도 있다는 것과 그런 사람들의 수가 시시각각 확대되고 있다는 사실을 말이다. 자기 자신을 존중하는 사람이라면 지인이건 아니건 살육 목적을 가진 자의 노예생활을 해서는 안 된다는 단순한 진리는 어떤 논거로도 결코 포기될 수 없다. 오직 이런 것이 자체 규율을 갖는 군복무이기도 하다.

그러면 흔히들 이렇게 말한다. "하지만 병역거부자가 감당할 책임은 어떡합니까? 이러한 시련의 여지가 없고 자신의 위치가 보장된 당신 같은 노인에게야 고행을 설교해도 좋은 일이겠죠. 하지만 당신이 설교하는 사람들, 당신의 말을 믿고 병역을 거부해서 자신의 젊은 인생을 망치는 사람들에게는 과연 어떨까요?" 하지만 내가 대체 무엇을 할 수 있냐고? 내게 이런 말을 하는 사람들에게 답한다. 정녕 내가 노인이기 때문에 폐단을 지적하지 말아야 하는가? 내가 노인이고 오래 살면서 생각해왔기에 의문의 여지없이 명확히 알고 있는 것인데도 말인가. 맞은편 강가에 있어서 약탈자의 손이 미치지 않는 사람, 그 약탈자가 어떤 사람을 강압해서 다른 사람을 죽이려는 모습을 목격한 사람이 살인하는 사람을 향해 그러지 말라고 고함질러서는 안 되는가? 비록 그런 개입이 약탈자를 더 악독하게 만든다고 해도 말이다. 그 외에도 나는 어째서 정부가 군복무를 거부하는 이들은 박해하면서, 이러한 거부의 선동자로 나를 지목하여 징벌하지 않는지를 아무래도 모르겠다. 나는 아직 어떤 박해나 각종의 사형을 감당할 수 없을 만큼 늙지 않았고, 나의 위치라는 게 나를 감쌀만한 것도 못된다. 아무튼 나를 단죄하고 탄압하건 말건, 군복무를 거부하는 이들을 단죄하고 탄압하건 말건, 살아있는 한 나는 현재 말하고 있는 사안을 멈추지 않고 말하겠다. 왜냐하면 자신의 양심에 따른 행동을 그만둘 수는 없기 때문이다.

기독교, 즉 진리의 가르침은 강력하고 저항할 수 없는 것이어서 사람들에게 영향력 행사를 위해 결코 어떤 외부적인 판단을 지침으로 삼을 수 없다. 젊은이든 늙은이든 그가 이것 때문에 박해를 받든 아니든, 기독교적인, 즉 진리의 인생관을 터득한 사람이라면 제 양심의 요구에서 물러날 수가 없다. 여기에 여타의 모든 종교적 가르침과 구별되는 기독교의 본질과 특성이 있으며, 무너지지 않는 기독교의 위력 또한 여기에 있다.

반 데르 베르는 자신이 기독교인이 아니라고 말하지만, 그의 병역거부 동기와 행동은 기독교적이다. 그가 병역을 거부하는 이유는 형제를 죽이고 싶지 않기 때문이다. 그가 복종하지 않는 이유는 그에게는 양심의 요구가 사람들의 명령보다 더 의무적이기 때문이다. 바로 이런 이유로 인해 반 데르 베르의 거부는 아주 각별하다. 이 거부는 기독교가 누구는 따르고 다른 누구는 따르지 않을 수 있는 어떤 종파거나 신앙이 아니라, 기독교는 모두를 깨우치는 사리분별의 빛을 생활 속에서 따르는 것에 다름없음을 보여준다. 기독교의 의미는 기독교가 사람들에게 이러저러한 행동을 규정해준 데 있는 게 아니라, 모든 인류가 마땅히 가야만 해서 나아간 길을 예견하고 일깨웠다는 데 있다.

현재 선량하게 이성적으로 행동하는 사람들이 그와 같이 행동하는 이유는 그리스도의 지시를 따르기 때문이 아니라, 1800년 전 활동 방향으로 언급된 것이 지금은 사람들의 의식이 되었기 때문이다.

이것이 바로 내가 반 데르 베르의 행동과 편지가 각별한 의미를 갖는다고 생각하는 이유이기도 하다.

초원이나 숲에다 놓은 불은 마른 것과 죽은 것, 그래서 불탈

수밖에 없는 것을 모조리 태우기 전에는 꺼지지 않는다. 그와 마찬가지로 일단 말로 표현된 진리는 사방을 에워싸서 감추는 거짓이 모조리 제거되기 전에는 활동을 멈추지 않는다. 불길은 오래 가물거리다가 확 타오르기만 하면, 탈 만한 모든 것을 순식간에 태워 없앤다. 마찬가지로 어떤 사고 또한 그에 걸맞은 표현을 찾아내지 못한 채 밖으로 나올 기회만을 오랫동안 노린다. 그러나 어떤 사고가 말로 된 분명한 표현을 찾기만 하면, 거짓과 악행은 아주 금방 제거된다. 기독교의 개별적인 발현, 즉 인류가 노예제도 없이 살 수 있다는 사고는 비록 기독교 이념 속에 들어있음에도, 내 생각에 18세기 말의 작가들에게 와서야 비로소 분명하게 표현되었다. 이 시대 전에는 고대의 이교도, 즉 플라톤과 아리스토텔레스뿐만 아니라 시대적으로 우리에게 가까운 사람들과 기독교인들조차 노예제도 없는 인류 사회는 상상도 하지 못했다. 토머스 모어는 유토피아조차 노예제도 없이는 상상할 수 없었다. 그처럼 금세기 초의 사람들은 전쟁 없는 인류의 생활을 그려낼 수가 없었다. 오직 나폴레옹 전쟁이 끝난 뒤에야 인류가 전쟁 없이 살 수 있다는 생각이 분명하게 표현되기에 이른다. 또한 인류가 노예제도 없이 살 수 있다는 생각이 분명하게 표현된 후 백 년이 흘러갔다. 이제 기독교인에게는 노예제도가 이미 존재하지 않는다. 전쟁 없이 살아갈 인류의 가능성에 대한 사고가 분명하게 표현된 지 백 년이 지나지 않아 전쟁도 사라질 날이 올 것이다. 그러나 노예제도가 완전히 폐지되지 않았듯, 전쟁도 완전히 불식되지 않을 가능성은 농후하다. 노예제도가 폐지된 후에도 고용노동이 남아있는 것처럼 군대의 폭력은 여전히 남아있을 것이고, 어쨌든 이성과 도덕적인 감정에 반하는 현존의 난폭한 형식의 전쟁과 군대는 폐지될 가능성이 크다.

그런 시대가 가까이 있다는 징후는 아주 다양하다. 이런 징후들은 더욱 무장을 강화하고 또 강화하는 여러 정부의 출구 없는 입장에 있고, 점점 더 커지는 조세 부담과 다양한 국민의 불만에도, 최종 단계에 도달한 전쟁무기의 살상력에도, 세계의 여러 회의와 단체들의 활동에도 있으며, 주로는 개개인들의 군복무 거부 현상 속에 들어있다. 이러한 거부들 속에 문제를 해결하는 열쇠가 있다.

"당신 말씀처럼, 군복무는 없어서는 안 되고 만일 이 제도가 없다면 우리에게 무서운 참화가 닥칠지도 모르지요. 모든 가능성은 열려있어요. 하지만 우리 시대의 모든 사람들 그리고 당신과도 공통적인 선악 개념을 갖춘 나로서는 명령에 따라 사람을 죽일 수가 없습니다. 그러니까 당신 말씀처럼, 만일 군복무가 정녕 필수라면 그것이 나와 당신의 양심에 그리 모순되지 않도록 조정해주세요. 이런 상황을 만들지 않는 한, 당신은 직접적으로 양심에 반하는 일을 나에게 요구하는 겁니다. 그렇다면 나는 결코 복종할 수가 없습니다."

가까운 장래에 정직하고 이성적인 모든 이들은 필시 그렇게 답변해야 마땅하다. 우리 기독교 세계뿐만 아니라 회교도와 이른바 이교도들, 즉 브라만교도, 불교도, 유교도도 마찬가지이다. 아마도 타성에 힘입어 군사업무는 얼마간 지속되겠지만, 의문은 사람들의 의식 속에서 이미 해결되었다. 나날이 시시각각 점점 더 많은 이들이 그와 같은 결정에 도달하고 있으며, 이러한 움직임을 멈춰 세울만한 어떤 가능성도 이미 존재하지 않는다.

사람들이 어떤 진리를 인정하거나 어떤 과오에서 해방되는 일은(우리 눈앞에서 그리된 노예제도) 항상 사람들의 의식상의 파악과 예전 상태를 지키는 타성과의 투쟁으로 성취된다.

애초엔 타성이 너무 강하고 의식은 너무 약해서, 과오에서 벗어나려는 첫 시도는 놀람과 마주치게 될 뿐이다. 새로운 진리가 무분별로 제시되는 것이다. "노예제도 없이 산다고? 그럼 일은 대체 누가 할 것인가? 전쟁 없이 산다고? 온갖 놈이 쳐들어와서 우리를 점령하고 말걸." 하지만 의식의 힘이 점점 더 커지고, 타성이 더 약화되어 놀람은 조롱과 멸시로 바뀌어간다. "성서도 주인과 노예를 인정하고 있잖은가. 그런 관계는 영원히 존재해왔어. 뜬금없이 전 세계를 개조하려는 재간꾼들이 나타났군." 노예제도에 대해 이렇게들 말하곤 했다. "모든 학자들과 현자들이 전쟁의 정당성과 심지어는 성스러움을 인정하는 판에, 뜬금없이 우린 전투가 필요치 않다고 믿는다니!" 전쟁에 대해서는 이렇게 말하곤 했다. 그러나 의식이 더 성장하면, 다음과 같은 사실이 명백해진다. 새로운 진리를 인정한 사람들이 점점 더 많아지고 조롱과 멸시는 잔꾀와 농간으로 바뀐다. 과오를 지지하는 사람들은 그들이 옹호하는 수단의 불합리성과 잔인함을 이해하고 인정하는 척하지만, 그 수단의 제거를 한동안 미루며 지금은 제거가 불가능하다고 여긴다. "노예제도가 나쁘다는 걸 모르는 사람이야 없지. 하지만 사람들이 아직 자유를 얻을 준비가 되어있지 않아서 해방은 아주 무서운 재앙을 몰고 올 거야." 노예제도에 대해 40년 전에는 그렇게들 말하곤 했다. "전쟁이 악이라는 사실을 누가 모른단 말인가? 하지만 지금 인류는 아직 너무나 야수 같은 상태라서 군대의 철폐는 선보다 더 많은 악을 양산할지도 모른다." 지금은 전쟁에 관해서 이렇게들 말한다. 하지만 사고가 제 역할을 하고 성장해서 거짓을 불태우면, 과오의 무분별, 맹목성, 해악과 부도덕성은 이미 그것을 옹호할 수 없을 정도로 분명해지는 시대가(우리의 기억 속에서 1860년대 러시아와 미국에서의 노예제도가 그러했다) 도래한다. 지금은 전쟁 문제가 그러하다. 한때 사람들이 더 이상 노예제를 정당화하려 들지는 않으면서도 지지한 것처럼, 지금은 전쟁과 군대를 정당화하는 시도는 없지만 여태 전쟁과 군대를 지지하는 타성에 젖어서 사람들은 그저 입을 다문다. 이 모든 외견상 퍽이나 강력해 보이는 잔인하고 부도덕한 살상조직이 결코 다시는 회복될 수 없게끔 언제라도 무너질 수 있음을 잘 알면서도 말이다. 행여 제방 틈새로 물 한 방울 새어나오거나 거대 건물에서 벽돌 한 장이 떨어지거나 아주 튼실한 그물에서 매듭 하나가 풀리면, 제방이 터지고 건물이 내려앉고 그물은 다 풀려버린다. 모든 인류에 공통적인 이유를 동기로 내세운 반 데르 베르의 거부는 내게 그러한 물방울, 돌,

풀린 매듭처럼 보인다. 반 데르 베르의 거부에 뒤를 이어 더욱 더 자주 그러한 거부선언이 나와야 마땅하다. 그러한 거부자가 많아지는 즉시, 바로 전날만 해도 전쟁 없이는 살 수 없다고 말하던 바로 그 사람들이(이들은 헤아릴 수 없이 많다) 자신들은 이미 오래전부터 전쟁의 광기와 부도덕성을 설파하고 있다며, 상대에게 반 데르 베르처럼 행동하기를 조언한다고 말할 것이다. 그러면 현존 형태의 전쟁과 군대로부터는 그 회상만이 남을 것이다.

그 시대가 가까워온다.

1896년 9월 24일
야스나야 폴랴나에서

두 전쟁

기독교 세계에서는 현재 두 전쟁이 진행되고 있다. 하나는 이미 종료되었고 다른 전쟁은 여전히 끝나지 않았지만, 두 전쟁은 동시에 진행되었으며 두 전쟁 간의 대조는 가히 놀랄만한 것이었다. 이미 종료된 것은 낡고 허세적이며 어리석고 잔인한 데다 시의에 맞는 것도 아닌 퇴보적이고 이교도적 성격의 스페인 미국 전쟁이었다. 이 전쟁은 한쪽 사람들이 어떤 방식으로 누구를 지배해야 하는가의 문제를 다른 쪽 사람들을 살상함으로써 결정했다. 여전히 지속되고 있는 또 다른 전쟁은 모든 전쟁이 끝나야만 종료되는 바의 새로운, 오직 사랑과 이성에 기초한 자기희생적이며 성스러운 전쟁이다. 다시 말해, 이는 전쟁을 반대하는 전쟁으로, 이미 오래전에 (어느 국제회의에서 빅토르 위고가 표현했듯이) 기독교 인류의 최선두에 선 사람들이 또 다른 이 인류의 거칠고 야만적인 사람들에게 선포했다. 또한 최근에는 이 전쟁을 극소수이긴 해도 캅카스의 두호보르파 기독교도[11]가 강력한 러시아 정부에 반대하여 특히나 힘차게 성공적으로 이끌고 있다.

최근에 나는 콜로라도에서 온 어떤 편지를 받았는데, 편지는 제시 글로드윙이라는 신사가 자신에게 몇 마디 써 보내달라고 요청하는 내용이었다. "미국 국민의 숭고한 과업 및 미국 병사와 수병들의 영웅적 자질과 관련 저의 감정을 표현할 사상이나 몇 마디 말을……." 이 신사는 대부분의 미국인들과 마찬가지로, 거의 무장도 하지 않은(미국인들의 군사력에 비하면 스페인 사람들은 거의 비무장인 셈인데도) 수천 명의 사람들을 쳐부순 미군의 과업이 의심의 여지없이 숭고한 과업, 즉 noble work라고 전적으로 확신한다. 또한 그 신사는 자기 이웃들 다수를 쳐부수고 건강하게 살아남아 유리한 위치를 보장받은 대다수 사람들이 영웅이라고 확신한다.

스페인군이 쿠바에서 저질러 미국과의 전쟁을 부른 구실이 된 한 참상은 굳이 언급하지 않더라도 스페인과 미국 간 전쟁 자체는 다음과 같은 상황과 유사하다.

---

11 두호보르Dukhobor는 '영혼을 위해 싸우는 자'라는 뜻의 러시아어로, 이들은 유토피아적 농민 공동체 이념을 지향한다. 두호보르파는 사유재산을 인정하지 않고, 납세와 병역을 거부하여 19세기 말 혹독한 탄압을 받았다. 그들과 서로 공명했던 톨스토이가 이들의 캐나다 이주 비용 마련을 위해 그만두었던 문필작업을 다시 시작해 《부활》을 완성했다는 이야기는 잘 알려져 있다. —옮긴이

거짓된 명예라는 전설로 양육된 기력이 빠지고 망령 든 늙은 이가 자신과 어떤 젊은이 사이에 생긴 곡해를 풀기 위해 주먹 질을 하자고 아주 기력이 충만한 이 젊은이를 불러낸다. 젊은 이 또한 스스로의 과거, 즉 자신은 그런 문제의 해결을 훨씬 능 가한다고 여러 차례 자처했던 대로 주먹에다 격투용 쇳조각을 끼우고 도전을 받아들인다. 이 젊은이는 기력이 빠지고 망령 든 늙은이에게 달려들어 노인의 이빨을 부러뜨리고 갈비뼈를 부숴놓는다. 그다음 그가 다수의 젊은 대중에게 자신의 업적을 환호하며 들려주고, 대중은 기뻐하며 늙은이를 불구로 만든 영 웅을 찬양한다.

그런 것이 기독교 세계의 모든 지성을 사로잡은 어떤 하나의 전쟁이었다. 또 다른 전쟁에 대해서는 누구도 언급하지 않는 다. 그것에 대해서는 거의 다들 알지 못하기 때문이다. 그럼 또 다른 전쟁이란 어떤 것인가?

모든 국가는 국민을 기만하고자 이렇게 말하곤 한다. "내가 통치하는 여러분 모두 타국민들에 의해 정복될 위험에 처해 있 소. 나는 여러분의 번영과 안전을 지키는 거요. 따라서 나는 내 가 여러분을 지키기 위해 총과 대포, 화약, 전함 등을 구하는 일에 사용할 각자의 노동의 결과물, 즉 수백만 루블씩을 매년 바칠 것을 요구하오. 그 외에도 여러분 스스로 내가 꾸린 조직 에 들어올 것 또한 요구하오. 거기서는 여러분을 하나의 거대 한 기계, 즉 내가 활용할 군대의 비이성적 일부분으로 만들어 줄 거요. 이 군대에 속하게 되는 순간 여러분은 더 이상 사람일

수 없고, 자기 의지를 갖지도 않으며 그저 내가 원하는 모든 일을 하게 될 것이오. 나는 무엇보다 통치하고 싶소. 내가 써먹는 통치 수단은 살육이오. 따라서 나는 여러분에게 살육하는 훈련을 시킬 거요."

어느 정부나 사람들의 평화에 대한 온갖 염원에도 아랑곳없이 그들이 타국 정부의 공격 위험에 처해 있다고 주장한다. 그러한 단언이 명백하게 부조리한데도 불구하고, 게다가 소집된 상태에서 떠맡을 임무의 잔인성과는 상관없이 군대에 입대함으로써 당하는 노예 상태의 굴욕에도 불구하고, 사람들은 속임수에 넘어가서 자신을 노예화하는 일에 제 돈을 바치고 서로가 서로를 직접 노예화한다.

그런데 다음과 같이 말하는 사람이 출현한 것이다.

"우리에게 닥칠 위험과 그 위험 방지와 관련된 염려의 말은 당신의 농간에 불과합니다. 어떤 국가든 평화를 원한다면서 동시에 모두들 서로를 적대하는 무기를 갖춥니다. 이외에 당신이 인정하는 법칙에 따르면, 모든 사람들은 형제이며 어떤 국가에 속하느냐는 아무런 차이도 없습니다. 그러므로 당신이 우리를 겁박하는 바 다른 국가들의 공격은 우리를 두렵게 하지도 않고 아무런 의미도 갖지 않습니다. 관건은 신이 우리에게 주신 법칙, 즉 우리에게 살육에 참여하라고 요구하는 당신도 인정하는 법칙에 따르면, 살육뿐만 아니라 온갖 폭력까지 명백히 금지되어있다는 거지요. 따라서 우리는 당신이 살육을 준비하는 일에 참여할 수도 없고 참여하지도 않을 것이며, 이러한 일에 돈을 내지도 않겠으며 당신이 꾸린 집단에 들어가지도 않겠습니다. 거기서는 사람들을 폭력의 도구, 이러한 무기를 손에 쥔 온갖 사악한 인간들에 순종적인 자들로 탈바꿈시켜 사람들의 이성과 양심을 왜곡합니다."

바로 여기에 또 다른 전쟁의 핵심이 있다. 세계 최상의 사람들이 난폭한 세력에 대항해 오래전부터 이미 이끌어온 이 전쟁은 최근 두호보르파와 러시아 정부 사이에서 특히나 격화된 바 있다. 러시아 정부는 두호보르파에 맞서 싸울 수 있는 모든 무기를 내세웠다. 이 무기들은 경찰을 동원한 체포, 주거지 밖 이동 불허, 상호교류 금지, 편지 가로채기, 첩자 심기, 신문지상에 두호보르파와 관련된 모든 정보의 출판금지, 잡지상에서의 두호보르파에 대한 비방, 매수, 매질, 감옥, 유형, 가정 파탄이었다. 이에 두호보르파 측에서는 유일한 종교적인 무기를 내세웠다. 온화한 합리성, 인내의 강단이 그것이다. 이들은 신보다 사람들에게 더 복종해서는 안 되며 어떤 짓을 당하더라도, 자기들은 강압자들에게 복종할 수 없으며 복종하지도 않을 것이라고 말한다.

타인보다 특출한 공적을 세워서 포상과 명예를 얻고자 숱한 사람들을 죽이거나 자기 이웃을 살육하는 과정에서 죽음을 맞이한 야만적인 전쟁에서의 미국과 스페인의 영웅들은 칭송을 받는다. 그러나 전쟁에 대적한 저들 전쟁의 영웅들에 대해선 아무도 언급하지 않고 알지도 못한다. 그들이야말로 아무런 소리 소문도 없이 회초리 아래 혹은 악취 나는 영창에서 혹은 고통스런 유형 끝에 죽어가면서도 마지막 숨이 넘어갈 때까지 선과 진리에 충실했던 사람들이었다.

내가 아는 사람만 해도 이미 사망한 수십 명 순교자들, 전 세계에 흩어져서도 이 고난에 찬 진리의 신앙고백을 이어가는 수백의 순교자들이 있다.

개중에는 징벌대에서 죽도록 고문당한 농민교사 드로쥔, 또 그의 벗으로 징벌대를 견뎌냈으나 그 후 세상 끝부분으로 유형 간 이쥽첸코, 병역거부로 징벌대 형을 받았고 증기선에서 호송병 세레다를 설복시킨 농민 올호빅이 있다. 세레다는 군복무의 죄상에 대한 올호빅의 말을 이해하고 상관에게 옛적의 순교자들처럼 말했다. "박해자들과 함께하고 싶지 않습니다. 나를 순교자들에게 보내주십시오." 이로써 그 또한 고통을 당하다가 징벌대로, 그다음은 야쿠트 지역으로 보내졌다. 내가 아는 수십 명의 두호보르파 중 많은 이가 죽거나 눈이 멀기도 했다. 그럼에도 그들은 신의 법칙을 거스르는 요구사항에는 복종하지 않는다.

최근에는 벗도 없이 홀로 사마르칸트에 주둔한 연대에 파견된 젊은 두호보르에 관해 쓴 편지를 읽었다. 거기도 수뇌부 측 요구조건은 동일하고, 그에 대한 단순하고 반박할 수 없는 답변 또한 마찬가지였다. "저는 신에 대한 저의 믿음을 저버리는 일을 할 수 없습니다." "그렇다면 네놈 혼쭐을 내주지." "그건 당신이 알아서 할 일이지요. 당신은 당신 일을 하고, 저는 제 소임을 다 하겠습니다."

낯선 변경지역에 혼자 내팽개쳐진 이 스무 살 청년은 그에게 적대적이고 그를 복종시키는 일에 모든 세력을 동원하는 힘세고 부유하며 교육받은 사람들 속에서도 굴복하지 않고 자신의 위대한 과업을 수행해냈다.

흔히들 이렇게 말한다. "그건 헛된 희생자를 낳는 일이오. 이 사람들만 죽임을 당하고, 현 제도는 그대로 남잖소." 내 생각에, 진리를 향한 그리스도와 온갖 순교자들의 희생의 무익함에 대해서도 그렇게들 말했다. 우리시대 사람들, 특히 학자들은 정신적 힘의 의미와 작용을 이해하지 못하고 저희들의 조잡성으로 인해 이해할 수조차 없을 정도로 조악해졌다. 그들은 살아있는 사람들에게 발사된 250푸드[4095kg]의 폭약이 장전된 탄환 정도는 파악하며 그게 어떤 위력을 지니는지도 안다. 하지만 이미 실현되어 생활 속에 순교로 이어지고 수백만이 가까이하게 된 사유와 진리는 그들의 개념상 아무런 위력이 없다. 사유나 진리는 터지는 소리를 내지도 않고, 부서진 뼈나 피 웅덩이도 보여주지 않기 때문이다. 학자들(저질의 학자들)은 인류가 오직 경제적 조건에 좌우되는 가축 떼처럼 살며, 이성은 그저 위안거리로 주어진 것임을 증명하는 일에 모든 학식을 동원한다. 그러나 여러 정부는 무엇이 세계를 움직이는지를 잘 알고 있으므로, 자기보존 본능으로 실수 없이 정신적 위력의 발현을 무엇보다 더 열성스레 대한다. 그것은 그들의 생존 또는 파멸이 달린 문제이기 때문이다. 이런 까닭에 러시아 정부의 모든 노력은 두호보르파를 무력화하여 그들을 고립시키고 외국으로 추방하는 방식이었으며, 지금도 그런 방향으로 진행되고 있다.

그러나 이런 모든 노력에도 불구하고, 두호보르파의 투쟁은 수백만 사람들의 눈을 뜨게 했다.

내가 아는 사람들 중에는 온화하고 근면한 두호보르파에 대한 박해 덕에 자기활동의 정당성에 의문을 품은 수백의 늙거나 젊은 군인들이 있다. 또 두호보프파의 삶과 그들이 당한 박해를 보거나 들음으로써 난생처음 인생과 기독교의 의미를 생각하게 되었다는 사람들도 있다.

수백만 사람들을 통치하는 정부 또한 이 사실을 알고 있으며, 그것이 사람들의 가슴을 파고들었음을 감지하고 있다.

이것이 우리 시대에 진행되는 또 다른 전쟁의 실상이며 그 결과이다. 이 전쟁의 결과가 중요한 것은 러시아 정부만이 아니다. 전쟁과 폭력에 기초한 각 정부는 이 무기로 똑같이 타격받는다. 그리스도는 "내가 세상을 이기었노라"[요한복음, 16:33] 하고 말씀하셨다. 그리스도가 실제로 세상을 이기신 것은 사람들이 그리스도께서 주신 무기의 힘을 믿게 되는 범위에서 그렇다.

이 무기는 각자가 자신의 이성과 자신의 양심에 따르는 것이다.

이러한 사실은 너무나 단순하고 너무나 명백하여 각자의 본분이 되는 것이다. "당신은 나를 살육의 참여자로 만들려고 합니다. 당신은 살육 도구를 마련하기 위한 돈을 내게 요구하고 내가 스스로 조직적인 살육 집단에 참여하기를 바랍니다." 자신의 양심을 팔거나 속이지 않는 이성적인 사람으로서 그는 이렇게 말을 잇는다. "하지만 나는 당신 또한 공언하는 율법, 즉 그 율법에서는 옛적부터 살육뿐만 아니라 온갖 적대행위가 금지되어 있음을 신앙으로 고백합니다. 그러므로 나는 당신에게 복종할 수가 없습니다."

바로 이러한 수단, 그토록 단순한 것, 그 하나가 세상을 이겨나간다.

1898년 8월 15일
야스나야 폴랴나에서

카르타고는 파괴되어야 한다

《La Vita Internazionale》(밀라노)와 《L'Humanite Nouvelle》
(파리와 브뤼셀)에서 내게 다음과 같은 편지를 보냈다.

인간다운 문명보급 이념의 발전에 보탬이 되고자 《La Vita
Internazionale》는 《L'Humanite Nouvelle》과의 협력하에 난
제의 해결에 참여하는 것을 스스로의 의무로 간주합니다. 그
과제는 얼마 전에 프랑스와 전 세계를 즉각 불안하게 만든 미
묘한 문제와 관련하여 중대하게 표면화되었습니다. 우리의
관심사는 바로 전쟁과 군국주의입니다. 따라서 우리는 유럽
의 정치, 학문, 예술 영역, 노동운동계는 물론 군사 영역에서
돋보이는 위치에 계신 모든 분들께서 이러한 높은 수준의 문
명 보급자적인 과업에 동참하시고 다음의 질문에 답변해주시

기를 요청합니다.

1. 역사, 권리, 진보가 문명화된 국가들 간의 전쟁을 요구합니까?

2. 군국주의는 어떤 후과를 야기할까요? 지성적, 도덕적, 물리적, 경제적, 정치적인 면에서 언급해주십시오.

3. 미래의 전 세계적 문명화에 기여하려면 전쟁과 군국주의 문제를 어떻게 해결해야 마땅합니까?

4. 어떤 방책이 신속하게 그런 해결책으로 이끌어갈 수 있습니까?

나는 이 편지가 혐오감과 분노를 넘어 심지어 절망감까지 불러일으켰다는 사실을 숨길 수가 없다. 우리 기독교 세계의 계몽되고 이성적이며 선량한 사람들, 즉 사랑과 형제애의 법칙을 공언하고 살육을 끔찍한 범죄로 여기며 아주 드문 예외를 제외하곤 동물도 죽이지 못하는 사람들이 다들 이러한 범죄들이 전쟁이라고 불리는 특정 조건에서는 갑자기 파괴, 약탈과 살해를 타당하고 정당한 것으로 인정한다. 그뿐만 아니라 그들은 스스로 약탈과 인간 살육에 협조하고자 그 준비 자세를 갖춰 참여하며, 그러한 짓거리를 자랑스럽게 여기기까지 한다. 이럴 때면 항상 어디서나 똑같은 현상이 되풀이된다. 다시 말해, 약탈과 살육을 수행하고 그 과업의 무게를 고스란히 감당하는 거대 다수, 즉 노동하는 사람들 모두 이러한 살육을 꾀하고 준비하거나 바라지도 않으면서 자기 뜻에 반하여 살육에 참여하는 현상이다. 이러한 일이 벌어지는 이유는 오로지 그들이 보기에 각자 따로따로여서, 그들이 약탈, 살육과 그 준비과정에 참여를 거부하면 그들의 처지가 더 악화되리라는 분위기와 입장에 놓였기 때문이다. 정작 노동자들의 노동에 힘입어 무위도식하며 사치스레 사는 아주 극소수가 그러한 약탈과 살육을 도모하고 준비하며 노동인민으로 하여금 그런 일을 수행하게 만든다. 이러한 기만은 이미 오래된 일이지만, 최근에는 이 사기꾼들의 몰염치가 최고조에 달했다. 노동 생산의 큰 몫을 노동자들에게서 빼앗아 약탈과 살육 준비에 사용하고 있는 것이다. 유럽의 모든 헌법 국가들에서는 예외 없이 노동자들 모두가 약탈과 살육에 참여하도록 소집되고, 전쟁에 이르는 걸 당연시하는 국제관계는 점점 더 고의적으로 복잡화된다. 평화로운 나라들이 별 이유도 없이 약탈당하고, 매년 어디선가 약탈과 살육이 자행되므로 모두들 전반적인 상호 약탈과 살육의 끊임없는 공포 속에서 살아간다. 그런 현상이 발생한다면, 분명히 그것은 기만으로 이득을 얻는 소수에 의해 다수 대중이 농락당하기 때문에 일어나는 것으로 보인다. 그러므로 사람들을 이러한 상호 약탈과 살육에서 벗어나게 하려는 이들의 첫 번째 과업은 대중이 빠져들어 있는 농간을 드러내고 대중에게 그 속임수가 어떻게 이뤄진 건지, 그게 무엇으로 지탱되는지, 거기서 어떻게 해방될 수 있는지를 알려주는 것이어야 마땅하다. 그러나 유럽의 교양인들은 결코 그런 일은 하지 않는다. 그들은 그저 평화정착에 협조한다는 구실로 유럽의 이 도시 저 도시에서 잔뜩 심각한 얼굴을 하고 탁상에 둘러앉아, 강탈로 살아가는 자들이 강도짓을 그만두고 평화로운 시민이 되게끔 이 강탈자들을 어떻게 하면 잘 설득할 수 있는지 논란을 벌이고는 심오한 질문을 한다. 그 첫 번째는 우리에 의해 고안된 허구가 마치 생활의 기본적인 도덕 법칙에서의 일탈을 요구라도 한다는 듯, 역사, 권리, 진보가 전쟁을 요구하는지(est-elle voulue)에 관한 질문이다. 두 번째 질문은 전쟁의 후과가 어떠할지에 대한 것이다. 그것은 마치 전쟁의 후과가 항상 전반적 재난이자 전반적 타락일 것이라는 사실에 어떤 의문이라도 있을 수 있다는 식이다. 그리고 마지막으로 세 번째는 전쟁 문제를 해결하는 방안에 관한 질문이다. 마치 기만당한 사람들을 우리가 여실히 목도하는 농간으로부터 해방시키는 방식에 어떤 어려운 문제라도 존재한다는 투다.

이런 일은 정말 끔찍하다. 우리는 일례로, 건강하고 조용하며 종종 행복한 사람들이 해마다 몬테카를로 같은 도박 소굴로 가서 그 소유주의 이득을 위해 거기다 건강, 평온, 명예, 종종 생명까지도 맡겨두고 있음을 목격하곤 한다. 참으로 안타까운 사람들이다. 이런 사람들이 당하는 속임수는 도박꾼들이 빠지는 유혹, 즉 고르지 않은 찬스와 대체로 자신들이 항상 패한다는 것을 알면서도 단 한 번이라도 다른 사람들보다 큰 행운을 누리겠다는 희망을 품은 도박꾼들의 몰입 속에서 이뤄진다는 걸 우리는 분명히 안다. 이러한 사실은 아주 명백하다. 그런데 이런 재앙에서 벗어나게 하고자 도박꾼을 꾀는 유혹과 필패

한다는 것, 다른 사람들의 불행에 기대를 거는 도박의 부도덕성을 지적하는 대신에, 어떤 이들은 점잖은 얼굴로 회의석상에 모여서 어떻게 하면 도박장 소유주들이 자발적으로 시설물을 닫게 할 수 있는지를 논한다. 또 이와 관련한 책을 쓰면서, 이들은 역사와 권리, 진보가 도박장들의 존립을 요구하는 건 아닌지, 룰렛으로 인한 후과가 어떠할 것인지를 자문한다. 즉, 경제적, 지성적, 도덕적 후과 같은 것들 말이다.

만약에 어떤 사람이 술독에 빠져있다면, 나는 본인 스스로 술을 끊을 수 있다고 그에게 말하겠다. 그렇게 해야 마땅한 이유는, 그가 내 말을 들으리라는 희망이 있기 때문이다. 그런데 행여 내가 그의 술타령이 복잡하고 곤란한 문제를 만든다면서 그 문제를 우리 박식한 사람들이 회의를 열어 해결해보겠노라고 그에게 말한다고 치자. 그 경우 필시 그는 문제 해결을 기다리며 술타령을 이어가리라는 것이 아주 자명하다. 국제 법정, 중재 재판 등의 허튼짓과도 같은 허황되고 세밀하며 과학적이고 외부적인 전쟁 중단 수단과 연관해서도 마찬가지이다. 이럴 때면 우리는 전쟁을 중단시키는 가장 단순하고 본질적인 수단, 즉 각자의 눈에 확 띄는 전쟁 중지 수단에 대해서는 애써 함구한다. 전쟁이 필요치 않은 사람들이 전투에 나서지 않게 하려면, 국제적 권리나 중재 재판, 국제 법정, 난제의 해결이 아니라, 속임수에 걸려든 사람들이 정신을 가다듬고 그들이 빠져든 spell, 즉 마법에서 풀려나야 한다. 전쟁을 없애는 수단은 전쟁을 필요로 하지 않으며 전쟁 참여를 죄악으로 여기는 사람들이 전투에 참가하지 않도록 하는 일에 있다. 이런 수단에 대해서는 고대부터 기독교 작가들, 즉 테르툴리아누스, 오리게네스도 설교했으며, 바오로파, 그들의 계승자인 메노나이트, 퀘이커교, 체코 교우회도 설교해왔다. 다이몬드, 해리슨, 발루도 이러한 수단에 대한 글을 썼으며, 20년 전 나 또한 군복무의 죄악, 해독과 광기를 갖은 방법으로 해명한 적이 있다. 그처럼 이런 수단은 이미 오래전에 적용된 것이기도 하다. 최근에는 오스트리아, 프로이센, 스웨덴, 네덜란드, 스위스, 러시아에서 개별 인물들이 나섰던 바와 마찬가지로 특히나 자주 적용되고 있는 실정이다. 최근 두호보르파 전체 15000명의 주민은 군복무라는 범죄행위에 참여하라는 러시아 정부의 강력한 요구에 순응하지 않아 온갖 고통을 당하면서도, 벌써 3년째 러시아 정부와 투쟁을 벌이고 있다.

그러나 세계의 계몽된 벗들은 이런 수단을 제안하지 않을 뿐만 아니라, 그런 언급조차 참지를 못한다. 어쩌다 그런 말을 듣게 될 경우 알아듣지 못한 척하거나, 본뜻을 포착했을 경우 그런 효과 없고 어리석은 수단을 사용하는 교양 없고 비이성적인 사람들에 대한 유감을 표현하며 점잖은 표정으로 어깨를 으쓱거린다. 반면 그들에게는 훌륭한 수단이 있다는 것인데, 포획하려는 새의 꼬리에다 소금 뿌리기, 즉 오직 폭력과 농간으로 처세하는 각개 정부들을 설득하여 그런 폭력과 농간을 포기하게 한다는 것이다.

정부들 간에 발생한 말썽은 법정이나 중재 재판에서 해결하면 된다는 말들을 한다. 그러나 정부들은 말썽의 해결 따위는 결코 염두에 없다. 거꾸로 각국 정부는 혹여 없다면 말썽거리를 꾸며내기도 한다. 다른 정부들과의 말썽거리는 정부 권력의 기반이 되는 군대를 보유할 구실을 정부 측에 제공하기 때문이다. 세계의 계몽된 벗들은 인민을 예속상태에서 해방시켜줄 유일한 수단으로부터 노동자, 고통받는 인민의 눈을 돌려놓으려 무던히 애를 쓴다. 이들의 예속상태는 어린 시절부터 애국심, 그 후에는 왜곡된 기독교의 타락한 성직자들의 도움으로 서약을 내세워 사람들을 속박하고 마침내는 징벌로 위협한 결과이다.

어느 민족이나 국가건 사람들 간에 친근하고 평화적인 소통이 이뤄지는 현 시대에, 언제나 어느 한 국가 혹은 민족의 우선권을 요구하고 이에 따라 국민을 무익하고 파괴적인 전쟁으로 내모는 애국주의의 농간이 이미 너무나 명백한데, 현 시대의 합리적인 사람들조차 여기서 벗어나지 못할 지경이다. 다행히도, 여러 정부들이 신앙으로 따르는 복음서가 명백히 금지하는 종교적 서약의 의무라는 농간을 믿는 사람들이 점점 줄어들고 있다. 따라서 대다수 사람들이 군복무를 거부하는데 현실적 장애물은 그러한 거부에 대해 정부가 조치하는 처벌의 공포뿐이다. 그러나 처벌의 공포 또한 여러 정부가 행하는 기만의 결과일 뿐이며, 그것은 최면상태 말고는 어떤 기반도 갖지 못한다.

병역거부자들은 각각의 정부에 두려운 사람일 수 있고 정부는 마땅히 그들을 두려워해야 하며 실제로도 그들을 두려워한다. 각각의 병역거부에 의해 정부가 국민을 가둬놓은 속임수의 위신이 훼손되기 때문이다. 그러나 병역거부자로서는 범죄를 요구하는 정부를 두려워할 이유가 전혀 없다. 누구든 병역을 거부할 때 무릅써야 할 위험이 군대 입대할 때의 위험보다 훨씬 적다. 병역거부와 그에 대한 처벌로써 감옥과 추방은 군대 복무 상황에서 발생할지 모를 위험에서 자신을 보호하는 유익한 보험이 되는 경우가 잦다. 군대 입대를 하게 되면 각자는 전쟁에 참여하게 될 위험을 무릅써가며 그 준비태세를 갖춰나간다. 그리고 전쟁이 벌어지면 그는 가장 위험하고 고통스러운 여건에서 거의 대개는 사형수처럼 죽임을 당하거나 불구자가 되는 상황에 빠져든다. 이것은 내가 세바스토폴에서 목격했던 바이기도 하다. 당시 이미 두 연대가 격퇴당한 적이 있는 요새로 어떤 연대가 진군해 들어갔고 이 새로운 연대는 완전히 격파당할 때까지 그곳에 주둔해 있었다. 그보다는 더 나은 또 다른 우연의 경우, 입대자가 죽임을 당하지는 않으나 병적인 군복무 조건에서 질병에 걸려 죽게 되는 상황이다. 세 번째 우연의 경우, 모욕을 당한 입대자가 참지 못하고 상관에게 거친 말을 해서 규율을 어겼다고 처벌을 받는 것이다. 이런 경우에는 처벌이 병역을 거부해서 받을 법한 것보다 더 혹독하다. 가장 유리한 우연이 일어난다고 해봐야 고작 병역거부자가 가는 감옥이나 유형 대신, 제 인생의 3년 혹은 5년을 타락한 환경에서 감옥에서와 같은 부자유 상태로 타락한 사람들에게 굴종하며 살육 훈련으로 보내는 것이다.

위와 같은 것이 첫 번째 상황이다. 두 번째로는 군복무를 거부할 때면 누구든, 비록 터무니없다고 해도 어떤 처벌도 받지 않게 되고, 그의 병역거부가 각 정부의 농간에 대한 최종 폭로여서 그 결과 더 이상 처벌할 수 없게 되는 상황을 기대해볼 수 있다. 그런 상황에서라면 사람들을 억압하는 데 참여를 거부하는 사람을 처벌하는 데 협조할 만큼 머저리 짓을 하는 사람들이 더 이상은 나오지 않을 것이기 때문이다. 그런즉 군복무 요구에 복종하는 것은 군중적 최면상태에 복종하는 것일 뿐이며, 명백한 파멸을 향해 물로 뛰어든 파뉘르주의 양 떼[12]의 무익한 행위와 다름없다.

그러나 이런 손익 계산 외에, 최면상태로부터 자유롭고 자기 행동의 의미를 이해하는 각자를 군복무 거부로 각성시켜야 하는 또 다른 이유도 있다. 각 개인은 아무런 목적 없이 누구에게도 쓸모없는 존재로 사는 게 아니라, 신과 사람들에게 봉사하려는 염원을 저버릴 수 없기 때문이다. 인간은 종종 이러한 봉사의 기회를 찾지 못한 채 인생을 살아간다. 군대 소집은 우리 시대의 각 개인에게 제시되는 이런 기회인 셈이다. 누구든 개

---

12 이 표현은 지도자의 행동을 흉내 내고 그의 의지에 순종할 만큼 지도자에게 맹목적으로 복종하는 사람들의 집단을 가리킨다. 프랑수아 라블레의 《가르강튀아와 팡타그뤼엘》에서 주인공 중 한 사람인 파뉘르주가 '가장 멋지고 커다란 양'을 배 밖으로 집어던지자 다른 양들이 서로 앞다투어 배 밖의 바닷물로 뛰어내린 행동에서 유래한다. ─옮긴이

인적으로 군복무 참여를 거부한다면, 징집자로서 혹은 조세를 군사업무에 사용하는 정부에 대한 납세자로서 이러한 거부를 통해 신과 사람들에게 위대한 봉사를 하는 것이다. 이러한 거부는 인류가 지향하고 마땅히 당도해야 할 최상의 사회구조를 향한 인류의 전진 운동에 가장 실질적인 수단으로 협력하는 것이기 때문이다.

그러나 병역거부는 유익하다거나 마땅히 해야만 하는 것으로 그치지 않는다. 우리 시대의 사람들 대부분은, 만일 이들이 오직 최면상태로부터 자유롭다면 병역거부를 저버리기는 **불가능하다.** 누구에게든 어떤 육체적 동작들이 불가능한 것만큼이나 도덕적으로 불가능한 행동이 있다. 최면상태로부터 자유롭기만 하다면, 현 시대 대다수 사람들에게 그처럼 도덕적으로 불가능한 행동은 공공연히 살해를 목표로 삼는 생경하고 부도덕한 사람들에 대한 노예적 순종 약속이다. 따라서 우리 시대 누구에게라도 군복무 거부는 유익하고 당연할 뿐만 아니라, 최면의 몽롱함에 빠져 있지만 않다면 군복무 거부를 저버리기는 불가능하다.

"하지만 사람들이 다 군복무를 거부하면 어떻게 될 것인가? 흉악한 자들에 대한 제어장치와 공포가 사라진다면, 흉악한 자들이 승리를 구가할 것이다. 그리고 우리에게 쳐들어와 정복할 야만인들, 즉 황인종으로부터 방어도 못하게 되겠지."

더는 언급하지 않겠지만, 흉악한 자들은 오래전에 이미 승리해 득의양양해 있다. 그들이 서로 치고받으며 오래전부터 기독교인들을 좌지우지하는 실정이므로 이미 벌어진 일을 두려워할 필요는 없다. 우리가 부지런히 부아를 돋워서 전쟁을 가르친 야만족과 황인종에 대한 공포는 공허한 구실에 불과하며, 이 야만족과 황인종에 대한 상상 속의 방어는 지금 유럽이 보유한 군대의 백 분의 일만으로도 충분하다는 사실도 더는 언급하지 않겠다. 그것을 더 이상 언급하지 않는 이유는, 이런저런 우리의 행동으로 인해 세계에 대체로 어떤 일이 벌어지는가에 관한 판단이 우리의 행동과 활동의 지침 역할을 할 수는 없기 때문이다. 인간에게는 다른 지침이 주어져 있는바, 확실한 지침은 인간의 양심이다. 그 지침에 따를 때라야 인간은 해야 마땅한 일을 자신이 행하고 있음을 인식한다. 그런즉 병역을 거부하는 개인에게 예견되는 위험에 관한 추론은, 병역거부로 인해 세계에 어떤 위험이 닥칠 것인가에 관해서나 마찬가지로 기독교 인류가 걸려들어 이런 속임수로 생존하는 각개 정부에 의해 열성적으로 유지되는 거대하고 끔찍한 속임수의 단편인 셈이다.

인간은 그의 이성, 그의 양심, 그의 신이 명령하는 대로 행동할 것이기 때문에, 그를 위해서나 세계를 위해서도 가장 좋은 것만 출현할 수 있다.

현시대 사람들은 우리 기독교계의 흉측한 생활 풍조를 불평한다. 과연 달라질 수 있을 것인가. 수천 년 전에 공표된 '죽이지 말라'는 신의 기본적인 율법뿐만 아니라, 사랑과 만인의 형제애 율법을 우리 모두 의식하며 인정하는 시절이다. 그런데도

56

우리 유럽 세계의 남자들 각자는 자신이 인정한 신의 기본적인 율법을 사실상 부인하고, 대통령, 황제, 각료, 니콜라이, 빌헬름의 명령에 따라 바보스런 복장을 갖춰 입고 살상 무기를 들고서 말한다. "준비태세 완료. 명령받은 대로 타격하고 파괴하고 죽이겠습니다."

이와 같은 사람들로 이뤄진 사회가 어떤 꼴이겠는가? 이런 사회는 당연히 끔찍할 것이고, 이런 사회는 정녕 끔찍하다.

형제여, 정신을 가다듬고 어릴 때부터 선과 진리를 거스르는 악마적인 애국주의 정신으로 그대를 감염시킨 악당들의 말을 경청하지 마라. 애국주의 정신은 그대의 재산, 그대의 자유, 그대의 인품을 그대에게서 빼앗는 데 필요할 뿐이다. 또한 저들이 고안한 잔인한 복수의 기독교, 저들이 왜곡한 거짓 기독교 신의 이름으로 전쟁을 설교하는 노회한 사기꾼들은 물론, 과학과 계몽의 이름으로 현존질서의 지속만을 염원하면서도 사람들에게 노력 없는 선량하고 평화로운 생활의 건설을 약속한답시고 각종 모임을 갖고 책을 쓰고 연설을 하는 새로울 것 없는 사두개파도 따르지 마라. 저들을 믿지 마라. 그대는 동물이나 노예가 아닌 자기 행동에 책임을 지는 자유로운 사람이다. 그러므로 제 뜻이건, 살해를 업으로 삼은 명령자의 뜻이건 살인자가 될 수 없다고 속삭이는 자신의 감각 하나만 믿으라. 다만 그대는 정신을 바싹 차려야 한다. 그대가 행해온 일의 끔찍함과 무분별을 모조리 알아차려야 하고, 그걸 알고 난 뒤에는 그대 스스로 증오하고 그대를 망쳐온 악을 더 이상 행하지 말아야 한다.

자신이 증오하는 악을 그대가 더 이상 행하지 않는다면, 애초 그대를 타락시킨 다음 고통을 가하며 지금 통치하는 사기꾼들은 낮의 빛살에 물러나는 부엉이들처럼 그대가 힘들이지 않아도 저절로 사라질 것이다. 그와 동시에 고통에 지치고 농간에 시달려 해결하지 못하는 모순에 빠진 기독교 세계가 갈망하는 인간적이고 형제애적인 새로운 생활 조건도 절로 형성될 것이다.

다만 각자가 교묘하고 복잡한 판단과 추측 없이 현재 자기 양심이 확실히 말하는 것을 행하면 그만이다. 그리고 각자는 복음서 말씀의 정당성을 깨달을 것이다. "사람이 하느님의 뜻을 행하고자 하면, 그 가르침이 하느님에게서 왔는지 내가 스스로 말함인지 알리라."(요한복음, 7:17)

1898년 4월 23일

특무상사에게 보내는 편지[13]

당신이 놀라워하시듯, 병사들은 어떤 경우 그리고 전쟁 때 사람을 죽일 수 있다고 배웁니다. 그런데 그런 일을 가르치는 사람들도 신성한 것으로 인정하는 경전에는 그걸 용인하는 내용은 전혀 없고 그 반대만 있습니다. 경전에는 각종 살인뿐만 아니라 다른 사람을 모욕하는 행위도 금지되어 있으며, 누구든 자신이 당하고 싶지 않은 일을 다른 사람에게 행하는 걸 금하고 있습니다. 당신은 저것이 기만인지, 그것이 기만이라면 누구에게 유리한 것인지를 묻고 있습니다.

---

13 이 글은 애초 퇴역한 특무상사 샬라기노프가 톨스토이에게 보낸 편지(1898년 12월 18일)의 답변으로 작성되었다. 샬라기노프의 물음은 기독교의 교리가 군복무 및 전쟁과 공존할 수 있는가의 문제였다. 톨스토이는 수신자에게 편지를 보내고 난 뒤, 여기에 보충 작업을 해서 호칭어 없이 출판했다.—옮긴이

그렇지요, 그것은 기만입니다. 타인들의 땀과 피로 살아가는 자들에게 유리하도록 만들어진 것이지요. 그런 자들은 사람들을 축복하기 위해 주어진 그리스도의 가르침을 왜곡하기를 그치지 않습니다. 지금 그리스도의 가르침은 왜곡된 상태로 모든 사람들의 재앙의 주요 원천이 되고 말았지요.

그렇게 된 사정은 이러합니다.

정부와 거기에 빌붙어 타인의 노동으로 살아가는 상류 신분의 인사들에게는 노동하는 인민 위에 군림하기 위한 수단이 필요한 거지요. 그 수단이 군대입니다. 외부의 적들로부터 방어라는 공언은 구실에 불과하죠. 독일 정부는 러시아군과 프랑스군 운운해서 제 국민을 위협하고, 프랑스는 독일군을, 러시아 정부는 프랑스군과 독일군을 운운하는 식으로 모든 정부가 제 국민을 위협하지요. 독일인, 러시아인, 프랑스인 모두 이웃나라나 다른 민족과의 전쟁을 원치 않을 뿐만 아니라, 그들과 평화롭게 살아가고 있으며 세상에서 전쟁을 제일 두려워합니다. 각개 정부와 무위도식하는 상류계급들은 노동하는 인민 위에 자신들이 군림할 구실을 마련하기 위해, 길모퉁이 너머로 말을 세게 채찍질해 가다가 말을 제어하지 못하는 체하는 집시처럼 행동합니다. 그자들은 자기 국민과 타국 정부를 부추긴 뒤 국민의 이익 혹은 방어를 위해 전쟁을 선포하지 않을 수 없는 척하지요. 전쟁은 어차피 장군, 장교, 관리, 상인 등의 부유한 계급들에게만 이득이 되는 거니까요. 본질적으로 전쟁은 군대가 존재하는 데 따르는 불가피한 후과일 뿐이지요. 군대가 각 정부에 필요한 이유는 노동하는 인민 위에 군림하기 위해 서입니다.

이 문제는 범죄적인 것인바, 무엇보다 좋지 못한 것은 각각의 정부가 인민에 대한 권력의 합리적 기반을 마련하기 위해 국민들에게 잘 알려진 숭고한 종교적 교리, 즉 기독교를 신봉하고 기독교 교리로 자기 신민을 양육하는 척해야 한다는 것입니다. 기독교 교리는 본성상 살인뿐만 아니라 온갖 폭력에 반대하기 때문에, 인민 위에 군림하고 기독교도로 간주되기 위해 각개 정부는 기독교 정신을 왜곡하고 그 진정한 의미를 인민이 알지 못하도록 감추고 그로써 그리스도가 가져다준 축복을 국민들에게서 빼앗을 필요가 있었던 거지요.

정부의 이런 왜곡은 오래전 그 왜곡 덕분에 성인 반열에 오른 사악한 콘스탄티누스 1세 시절에 이미 행해졌습니다. 이후의 각국 정부들, 특히 우리 러시아 정부는 모든 세력을 동원해서 그러한 왜곡을 고수하고 인민이 기독교의 진정한 의미를 알지 못하도록 하지요. 인민이 기독교의 진정한 의미를 알게 되는 날에는, 조세와 병사들과 감방, 교수대 그리고 사기꾼 제사장을 거느린 정부가 스스로 자처하는 기독교의 버팀목이 아닐 뿐만 아니라 기독교의 거대한 적이라는 사실을 파악하게 될지도 모르기 때문이죠.

그러한 왜곡으로 인해서 당신에게 충격을 준 농간들과 인민을 고통으로 몰아넣는 무서운 재난들이 횡행합니다.

인민은 억눌리고 약탈당해 가난하고 무지몽매한 상태로 죽어갑니다. 무엇 때문일까요? 땅이 부자들 손안에 들어가 있어 인민은 공장과 제조소에 예속되어 있기 때문이지요. 인민에게서 조세를 뜯어내고 노동의 대가를 낮추고 생필품 가격을 올리기 때문에 그들은 예속상태에 빠집니다. 어떻게 하면 이런 상태를 벗어날 수 있을까요? 부자들에게서 땅을 빼앗아야 할까요? 만약 그렇게 한다면, 병사들이 몰려와서 항명자들을 쓰러트리고 감옥에 처넣을 테지요. 공장과 제조소를 빼앗는 일은 어떨까요? 똑같은 일이 생길 테지요. 동맹파업으로 버티는 건 어떨까요? 하지만 이런 방법으로는 결코 성공할 수 없어요. 부자들이 노동자들보다 더 오래 버틸 테고, 군대는 언제나 자본가들 편에 설 겁니다. 군대가 지배계급의 영향하에 있는 한, 인민은 그들을 붙들어 매는 궁핍에서 결코 빠져나가지 못하겠지요.

그런데 인민을 노예 상태로 붙들어 매는 군대는 도대체 무엇일까요? 땅을 점유한 농민들, 흩어지지 않는 파업참가자들, 조세를 내지 않고 물품을 실어오는 밀수업자들을 향해 총을 쏘는 병사들은 누구인가요? 세금을 지불하지 않는 사람들을 감방에 처넣고 가둬두는 사람들 말입니다. 이 병사들이 바로 땅을 빼앗긴 농민이고, 노임을 올리고자 하는 파업참가자이며 조세 지불에서 벗어나고자 하는 세금 납부자 자신입니다.

어째서 병사들은 자기 형제들을 향해 총을 쏠까요? 입대할 때 강요된 선서가 그들에게 의무적이며, 사람을 죽여서는 안되지만 상관의 명령에 따르면 가능하다고 주입받았기 때문이지요. 다시 말해, 당신에게 충격을 준 바로 그 기만이 작용한 결과입니다. 하지만 여기서 질문이 생기지요. 어찌하여 상식적으로 생각하는 사람들, 대개 기초 지식을 갖추거나 교양 있는 사람들까지도 그런 명백한 거짓을 믿을까요? 비록 교양이 부족하더라도 인간이라면, 저들이 그 이름으로 살인을 가르치는 그리스도가 살인을 허락하지 않았을 뿐 아니라 온화와 순종 그리고 모욕을 용서하고 적에 대한 사랑을 가르쳤다는 사실을 모를 수가 없지요. 그러므로 그는 기독교 교리에 기초해서 앞으로 저들이 명하는 이들을 죽이겠다고 약속하지 못한다는 사실을 모를 수가 없지요.

의문은 상식적으로 생각하는 사람들이 어떻게 그런 명백한 기만을 믿으며, 현재 군대에 복무하는 모든 사람들이 어떻게 지속적으로 그것을 믿고 있는가에 있지요. 이 의문에 대한 답변은 사람들이 한 가지 기만에 속아 넘어간 게 아니라, 어릴 때부터 전체적인 일련의 기만, 총체적 기만의 체계에 속아 넘어갈 태세를 갖춰왔다는 사실에 있습니다. 그러한 기만의 체계가 동방정교 신앙이라고 불리는 것이며, 그것은 가장 조악한 우상 숭배에 다름없는 것이지요. 그 신앙에 따라 사람들은 신이 삼위일체인데, 삼위일체의 신 말고도 성모 마리아가 있으며, 성모 마리아 말고도 육체가 썩지 않는 신의 충복들이 있으며, 신의 충복들 말고도 초를 바치고 두 손으로 기도해야 하는 신들과 성모 마리아의 성상이 있다고 배워요. 또 세상에서 가장 중요하고 성스러운 것은 사제가 일요일마다 칸막이 뒤에서 포도주와 흰빵으로 만드는 성찬 음식이라고 합니다. 사제가 이 음식에 대고 뭐라고 소곤거린 후에는 포도주는 포도주가 아니고 흰빵은 흰빵이 아닌 삼위의 신들 중 어느 한 분의 피와 육체가 된다는 등의 가르침도 있지요. 이러한 모든 것이 너무나 어리석고 무의미합니다. 그래서 그 모든 것은 정교 신앙을 가르치는 자들이 그걸 이해하게끔 하는 것이 아니라, 그저 믿으라고 명할 뿐이라는 사실을 파악할만한 어떤 가능성도 없다는 것이지요. 어린 시절부터 이런 가르침을 익혀온 사람들은 저들이 말하는 갖은 허튼소리를 [믿습니다]. 사람들은 완전히 우롱당해서 신이 구석자리에 걸려있다거나 사제가 숟가락으로 내주는 성찬 음식 조각에 있다고 믿으며, 석판이나 유체에 입을 맞추고 그곳에 양초를 세우면 현생을 위해서도 내세를 위해서도 이롭다고 믿지요. 그러니 사람들은 군대에 소집되어 거기서도 속는 거지요. 저들은 저희 뜻대로 그리스도의 법칙에 따라 살인이 가능하다고 사람들에게 확언하며, 우선 (복음서에 서약이 금지되어 있음에도) 복음서에 대고 복음서에 금지된 바의 일을 행할 것임을 서약하게 만들어요. 그다음 상관의 명령에 따른 살인은 죄악이 아니고, 상관에게 복종하지 않는 것이 죄악이라 가르칩니다.

그러므로 상관의 명령에 따른 살인은 아무 죄업 없이 가능하다는 생각이 주입된 데서 비롯한 병사들의 착각은 별개로 취급될 게 아닌 총체적인 기만 체계와 연관된 것이지요.

기독교로 가장하는 거짓된, 이른바 동방정교 신앙에 의해 아예 우롱당한 사람이라면, 스스로 상위 계급에 있다고 여기는 모든 이에게 맹목적으로 복종하겠다고 약속하며 군대에 입대하는 행위가 기독교인에게 어떤 죄업도 되지 않는다고 믿을 수 있지요. 또한 그런 사람이라면, 살인 훈련을 받고 모든 규칙에 의해 금지된 살인이라는 무서운 범죄를 저지르는 것 또한 마찬가지라고 믿을 수 있습니다.

이른바 동방정교의 거짓된 기독교 신앙의 속임수에서 자유로운 사람이라면, 결코 그런 것을 믿지 않을 테지요.

그런 까닭에 소위 분파주의자들, 즉 동방정교의 교리를 거부하고 복음서와 특히 산상수훈에 기술된 그리스도의 가르침을 인정하는 기독교인들은 결코 그런 속임수에 빠져들지 않는 겁니다. 그리고 이런 기독교인들은 언제나 병역이 기독교와 양립하지 않음을 받아들여 각종 박해를 겪는 걸 마다하지 않고 병역의무를 거부해왔지요. 현재 수백, 수천 명이 러시아(두호보르파, 몰로칸파), 오스트리아(나사렛파), 스웨덴, 스위스와 독일(복음주의파)에서 그런 일을 해나가고 있어요. 정부는 이런 사실을 알고 있는 까닭에 그 무엇도 그다지 집중적으로 감시하지는 않습니다. 그런데 그 권력이 지속되게 하는 교회를 통한 속임수가 어릴 적부터 모든 아이들에 대해 적용되어, 단 한 사람도 피해갈 수 없도록 부단히 지원하는 일에는 공포 어린 집중적인 추적이 이뤄지지요. 정부는 술주정이나 방탕까지도 모두 허용합니다(심지어 허용할 뿐만 아니라 술주정과 방탕을 장려하지요. 그것이 우민화에 도움을 주니까요). 하지만 정부는 속임수에서 자유롭게 된 사람들이 또 다른 이들마저 속임수에서 해방되게 하려는 노력에는 정부가 모든 세력을 동원해 맞섭니다.

러시아 정부가 특히, 잔인하고 교활하게 이러한 속임수를 자행하지요. 정부는 모든 신민에게 여차하면 처벌하겠다고 을러서 자식을 젖먹이 나이에 거짓된, 이른바 동방정교 신앙으로 세례를 베풀라고 지시해요. 일단 아이들이 세례를 받아서 동방정교도로 간주되면, 형법상 처벌로 협박해서 신민에게는 그들이 제 뜻과 상관없이 세례를 받은 바의 신앙을 논의하는 게 금지되지요. 정교 신앙에 대한 논의는 거기서 이탈하거나 다른 신앙으로 옮기는 것과 마찬가지로 처벌 대상이 됩니다. 그런 까닭에 러시아인들은 동방정교 신앙을 믿는다고 말할 수가 없어요. 그들은 자신이 정교를 믿는지, 믿지 않는지 알지 못하죠. 왜냐하면 모두들 젖먹이였을 때 그 신앙을 마주하게 되었고, 처벌 위협으로 자기에게 억지로 강요된 신앙을 따르기 때문입니다. 모든 러시아인들은 교활한 속임수로 동방정교에 포획되어 있으며, 무자비한 폭압에 의해 거기에 남아있는 셈이지요.

정부는 자체적으로 갖고 있는 권력을 활용해서 속임수를 확산시켜 떠받쳐나가고, 그 속임수는 권력을 떠받쳐나갑니다.

그러므로 사람들을 저 모든 재난에서 구제하는 유일한 방법은 정부가 그들에게 주입한 거짓된 신앙에서 해방되고, 거짓된 가르침에 의해 감춰진 참된 기독교의 가르침을 터득하는 데 있습니다. 참된 기독교의 가르침은 아주 단순하고 명료해서 그리스도께서 말씀하신 바처럼 모든 이들이 가까이할 수 있어요.

하지만 거짓으로 양육된 우리에게 신의 진리인 것처럼 제시되는 바로 그 거짓에서 인간이 자유로울 때에라야, 참된 기독교의 가르침에 가까이 다가갈 수 있겠지요.

불필요한 것으로 가득 찬 그릇에는 어떤 필요한 것도 부어넣을 수가 없는 법입니다. 우선 그 그릇에서 불필요한 것을 따라내야겠지요. 참된 기독교 가르침의 터득 또한 그렇습니다. 우선 이런 걸 이해해야겠지요. 신이 마치 6000년 전에 세계를 창조하셨고, 아담이 죄를 지어 인간 족속이 타락했으며, 신의 아드님과 신이 처녀에게서 탄생해서 세상에 강림하셨느니 인간 족속의 죄를 씻으셨느니 하는 이야기들과 성경과 복음서의 모든 우화들, 온갖 성자전과 기적, 성상, 유체에 관한 이야기들은 유대인의 미신과 사제들의 농간의 조잡한 혼합에 지나지 않는다는 사실을 말이에요. 이러한 농간들로부터 완전히 해방된 사람만이 어떤 해석도 요구되지 않고 이해하지 못할 게 없는 그리스도의 단순하고 명료한 가르침에 접근할 수 있겠지요.

기독교의 교리는 세계의 시초와 종말은커녕, 신에 대해서도, 우리가 알 수 없고 알 필요가 없는 신의 구상에 대해서도 아무 말도 하지 않습니다. 그저 구원받기 위해서, 즉 탄생해서 죽을 때까지 인간이 현세에 도래한 바의 그 인생을 최상의 방식으로 살아가기 위해, 그가 무엇을 해야 하는지에 대해서만 말합니다. 그러한 삶을 살기 위해서는 타인이 우리를 대우해주길 바라는 대로 우리도 타인을 대우해야 하겠지요. 이 속에 그리스도께서 말씀하신 모든 법칙과 예언자들의 뜻이 있습니다. 그렇게 행동하려 할 때, 우리에게는 성상화도, 유체도, 교회 예배도, 사제도, 성자들의 이야기도, 교리문답서도, 정부도 필요가 없어요. 거꾸로 우리에게 필요한 것은 이와 같은 모든 것으로부터의 완전한 자유지요. 타인이 그대를 응대하기를 원하는 대로 타인을 응대하는 것은, 제사장들이 유일한 진리인 양 내세우는 각종 우화에서 자유로운 사람만이 할 수 있습니다. 그런 사람은 타인이 명하는 대로 행동하겠다는 약속으로 다른 사람과 얽매이지 않습니다. 그럴 경우에만 인간은 자신이나 타인의 뜻이 아닌 신의 뜻을 실행하는 상태에 있게 됩니다.

신의 뜻은 우리가 전투를 벌이고 약자들을 억압하는 데가 아니라, 만인이 형제임을 인정하고 서로를 섬기는 데 있습니다.

이것이 바로 당신의 편지로 인해 내게 떠오른 생각들입니다. 이러한 생각들이 당신의 관심사인 의문들의 해명을 촉진한다면 나로서는 무척 기쁠 겁니다.

1899년

평화 회담에 관하여

스웨덴인들에게 보내는 편지[14]

친애하는 여러분!

여러분의 훌륭한 편지에 언급된바, 개별 인물들의 군복무 거부를 통해 전반적 군비축소가 가장 쉽고 확실한 방식으로 성취될 수 있다는 생각은 아주 타당합니다. 그것이 더욱더 강화되어 가는 끔찍하기 그지없는 군벌체계의 재앙에서 사람들을 구

---

14 이 글은 니콜라이 2세가 주도해서 소집된 1899년 헤이그 평화회담과 관련하여 일군의 스웨덴 지식인들이 톨스토이에게 쓴 편지에 대한 답변이다. 스웨덴 지식인들은 병역거부를 군축과 평화 확립에 기여하는 하나의 수단으로 보았다. 따라서 그들은 군복무를 특정한 공익노동으로 대체하도록 허용하는 방안을 통해 평화회담에 참여하는 정부들로부터 병역거부자들의 징벌 완화를 이끌어낼 수 있을 것으로 보았다. 이 지식인들은 회담 목적에 부합하는 인도주의적 관심을 각국 정부가 저버릴 수 없으리라 본 것이다. 편지의 말미에서 그들은 톨스토이에게 러시아 차르와 내각 각료들 및 국민들이 여기에 관심을 돌리도록 해달라고 요청했다. ─옮긴이

제하는 유일한 방법이라고 생각합니다. 반면, 병역의무 수행을 거부하는 인물들의 병역을 공공 작업으로 대체하는 문제가 차르의 제안으로 소집되는 회담에서 검토될 수도 있다는 여러분의 생각은, 내가 보기에 완전한 오류라고 여겨집니다. 그 회담 자체가 평화 달성을 목적으로 하지 않는 위선적인 기구일 수 있다는 한 가지 사실만으로도 이미 그렇습니다. 거꾸로 그 기구는 이미 선구적인 사람들이 깨닫기 시작한 전반적인 평화를 달성하는 유일한 수단을 차단하는 것입니다.

회담 목적이 군비축소가 아니라면, 군비확대 중단일 거라고들 말합니다. 이 회담에서 각국 정부 대표단은 더 이상 자국 군비를 확장하지 않겠다는 약속을 할 것으로 예상됩니다. 만약 그렇게 된다면, 회담 기간 본의 아니게 이웃 국가들보다 약소국 처지에 놓인 국가의 정부들은 어떻게 행동할 것인가의 문제가 대두됩니다. 그런 정부들은 훗날에도 마찬가지로 이웃 국가보다 약자의 처지로 남는 데 동의하지는 못할 것입니다. 혹여 약소국 정부들이 회담 결정문의 효력을 굳게 믿어 상대적으로 약자의 처지로 남는 데 동의한다면, 그 국가들은 더욱 약화되어 아예 군사비를 지불하지 않을 수도 있습니다.

회담 안건인 국가 간 군사력 균등화 문제가 상세히 다뤄지고, 그런 식의 불가능한 균등화가 이뤄진다 해도 자연히 의문이 발생합니다. 무슨 이유로 각국 정부는 더 낮은 상태로 가지 않고 현존 무장 상태를 유지해야 하는가? 어째서 독일, 프랑스, 러시아는 50만, 1만, 1천 군사가 아닌, 대략 100만의 군사를 보유해야 하는가? 만약 축소할 수 있다면, 어째서 최소한까지 줄이지 않는가? 마지막으로 어째서 군대 대신 다윗과 골리앗 같은 투사를 내세워서 누가 이기는가 하는 것으로 국제 문제를 해결하지 않는가?

또한 각국 정부들 간의 분쟁은 중재재판소에서 해결한다고 합니다. 그러나 사안의 해결에 나서는 쪽이 인민 대표단이 아닌 각국 정부 대표단이라는 사실은 차치하고, 그래서는 이 결정이 올바른지, 누가 그 판결을 집행할 것인지에 관해 어떠한 보증도 못하게 됩니다. 혹여 군대가 집행에 나선다면, 어느 군대가 합니까? 강대국 모두가 나선다쳐도, 이 강대국들의 군사력은 동등하지가 않습니다. 가령, 독일 그리고 연합국인 러시아 혹은 프랑스에 불리한 판결을 대륙에서는 누가 집행할 것인가? 또 영국, 미국, 프랑스의 이해관계를 거스르는 판결을 해상에서는 누가 집행할 것인가? 각국 정부의 군사적 폭력에 반대하는 중재재판소의 판결이 군대의 폭력으로 집행된다면, 제한을 요하는 대상 자체가 제한의 방책 역할을 맡는 것입니다. 그것은 새를 잡고자 새 꼬리에다 소금을 뿌리는 격입니다.

내가 기억하는 바로는, 세바스토폴 방어전[15] 때 한번은 수비대 사령관 사켄의 부관들과 함께 있었는데, 아주 용감한 장교로 굉장한 괴짜였던 우루소프 공작이 접견실을 찾아왔습니다.

15 크림전쟁 당시 세바스토폴에서는 1854년 10월부터 1855년 8월 27일까지 349일 동안 공방전이 벌어졌다. 톨스토이도 포병 장교로 공방전에 참전했으며, 소설 《세바스토폴 이야기》에서 그 참혹함을 생생하게 묘사했다.―옮긴이

그는 당시 유럽 최고의 체스 선수 중 한 명이기도 했습니다. 장군에게 볼 일이 있다고 한 그를 부관이 장군의 집무실로 안내했지요. 십 분 후 우루소프는 불만족스런 얼굴로 우리들 곁을 지나갔습니다. 그 사람을 안내한 부관이 돌아와서는 웃으면서 우루소프가 무슨 일로 사켄을 찾아왔는지를 들려줬지요. 그가 사켄을 찾아온 이유는 제5호 요새 앞 최전방 참호 안에서 체스 대결을 하자고 영국군에 도전장을 내겠다는 것이었습니다. 그 참호는 몇 차례 적대 세력의 수중을 거치는 과정에서 수백의 목숨이 희생된 곳이었습니다.

틀림없이 참호 안에서의 체스 대결이 사람들을 죽이는 것보다 훨씬 나았겠지요. 하지만 사켄은 우루소프의 제안을 받아들이지 않았습니다. 사켄은 참호 안에서의 체스 대결은 설정된 조건 실행에 대한 양측의 완전한 상호신뢰가 있어야만 가능하다는 사실을 아주 잘 알고 있었기 때문입니다. 참호 앞의 군대와 참호를 겨눈 대포는 신뢰가 존재하지 않는 걸 보여줍니다. 양측 군대가 주둔하는 한, 사안은 체스가 아닌 총검으로 해결되리라는 점은 분명했습니다. 국제적인 문제들도 이와 마찬가지입니다. 이런 문제들이 중재 재판으로 해결되려면 판결 집행에 대한 강대국 간의 완전한 상호신뢰가 전제되어야 합니다. 만약 이런 신뢰가 형성되어 있다면, 군대는 전혀 필요치 않습니다. 군대가 있다는 건 이런 신뢰가 없다는 게 분명하므로, 국제적인 문제들은 무력 이외의 다른 어떤 방법으로도 해결될 수 없습니다. 군대가 존재하는 한, 군대는 현재 모든 국가가 아시아, 아프리카, 유럽 각지에서 행하듯 새로운 획득을 위한 것만이 아니라, 이미 무력으로 획득한 것을 무력으로 제어하기 위해 필요한 것인 셈입니다. 승리하기만 하면, 무력으로 획득하고 제어할 수 있으니까요. 항상 거대 부대gros batailons만이 승리합니다. 그러므로 정부가 군대를 보유한다면, 가능한 한 더 많은 군대를 보유해야 합니다. 정부의 의무가 여기에 있어서 정부가 이런 일을 하지 않는다면, 정부는 필요 없습니다. 정부는 국내 통치에서 수많은 일을 할 수 있습니다. 인민을 해방하고 계몽하고 부유하게 하며, 길과 운하를 건설하고 황야를 개척하며 공공 작업을 조직할 수 있지만, 하나만은 할 수가 없습니다. 자국의 군사력 축소를 위한 회담 소집이 그것입니다.

최근의 설명에서처럼, 회담 목적이 사람들에게 특히 잔혹하게 여겨지는 절멸 무기(어째서 이와 더불어 편지 낚아채기, 전보 바꿔치기, 첩자 행위 그리고 군사 방어체계의 필수 조건인 공포를 가하는 모든 비열한 행위를 배제하려는 노력을 포함시키거나 우선시하지 않는지?) 사용을 배제하는 데 있다면, 그처럼 기존의 모든 수단들의 전투 사용 금지도 충분히 있을 법합니다. 제 생명을 놓고 맞붙은 사람들에게 싸움질에서 신체의 가장 민감한 부분을 건드리지 말라는 것처럼 말입니다. 어째서 파열탄으로 인한 부상과 죽음이 아주 평범한 탄환이나 파편으로 인한 부상이나 매우 병적인 상처 부위보다 더 나쁩니까? 그로 인한 고통은 최종 단계에 이르고, 다른 어떤 화포로 인한 것과 마찬가지의 죽음이 도래하곤 하는 데도 말입니다.

정신적으로 건강한 성인들이 어떻게 그와 같은 기이한 생각을 진지하게 발설할 수 있는지 놀라울 따름입니다.

가령, 제 인생을 거짓말하는 일에 바친 외교관들은 이런 악덕에 너무나 익숙해져서 그들 스스로 자기들 제안의 무의미성과 거짓됨을 깨닫지 못할 정도로 거짓이 무성한 분위기에서 지속적으로 살아가고 행동합니다. 그런데 개인들, 차르에게 아부하고 차르의 우스꽝스런 제안을 찬양하려는 사람들이 아닌 정직한 개인들이 어떻게 이 회담의 결과가 각국 정부들이 신민을 관리하기 위해 동원하는 기만을 공고화하는 것 말고는 아무것도 없으리라는 사실을 모를 수가 있을까요? 알렉산드르 1세의 신성동맹 시절에 그런 일이 있었는데도 말입니다.

회담은 사람들을 전쟁의 재앙에서 벗어나게 하는 유일한 수단의 은폐를 목적으로 삼을 것입니다. 개인들이 군대의 살상행위에 참여를 거부하는 것으로 이뤄지는 평화의 안착이 그 목적이 아닙니다. 따라서 회담에서 이러한 문제는 결코 심의사항으로 채택할 리가 없겠지요.

각국 정부는 자기 신념에 따라 병역의무를 거부한 사람들을 러시아 정부가 두호보르파 기독교인들을 다뤘던 방식으로 항상 다루겠지요. 러시아 정부가 언뜻 평화애호적인 듯한 의향을 전 세계에 공개했던 바로 그 시기, 이 정부는 모두를 속여 가며 러시아의 가장 평화애호적인 사람들을 괴롭히고 파산시켜 추방했습니다. 그들이 말뿐만이 아니라 실제로 평화를 애호하여 군역을 거부했다는 이유밖에 없습니다. 유럽의 각국 정부는 병역의무를 거부한 경우, 비록 러시아보다 덜 거칠기는 해도 똑같이 대해오고 있습니다. 오스트리아, 프로이센, 프랑스, 스웨덴, 스위스, 네덜란드 정부는 그렇게 행동해오고 있으며 달리 행동하려 들지 않습니다.

각국 정부가 달리 행동할 수 없는 이유가 있지요. 자국 신민을 규율 잡힌 군부대의 무력으로 통치하려면, 각국 정부는 이러한 무력과 그에 따른 제 권력의 축소를 결코 개인들의 우발적인 추세에 내맡기려 할 수는 없기 때문입니다. 더 나아가 행여 병역을 노역으로 대체하는 것이 만인에게 허용된다면, 그 즉시 국민 대다수가(그 누구도 살해하거나 살해당하는 것을 좋아하지 않습니다) 병역보다는 노역을 택해서 노역자들이 상당히 많아지겠지요. 그런 상황이라면 군인이 소수만 남게 되므로 아무도 노역자들에게 작업을 강요하지 못하게 될 테지요.

스스로의 장황한 말속에서 갈피를 못 잡는 자유주의자들, 사회주의자들 같은 이른바 선구적인 활동가들은 각종 기관이나 모임에서의 연설, 그들의 결사, 파업, 팸플릿이 아주 중차대한 현상이라고 상상할 수 있습니다. 반면에 개인들의 병역거부는 주목할 여지가 없는 보잘것없는 것이라는 태도지요. 하지만 각국 정부는 무엇이 저희에게 중요하고 중요하지 않은지 잘 알고 있습니다. 그래서 정부는 의회에서의 온갖 자유주의적이고 급진적인 연설은 물론 노동자들의 결사체, 사회주의적인 시위도 허용하고 심지어는 스스로 이에 공감하는 척도 합니다. 이러한 현상들이 주되고 유일한 해방 수단으로부터 국민들의 관심을 돌려놓기 때문에, 정부에 아주 유리하다는 사실을 알고 있어서 그렇습니다. 정부는 병역거부 혹은 병역에 대한 납세거부(둘 다 마찬가지의 것)를 결코 공개적으로 허용하지는 않을 것입니다. 왜냐하면 그러한 거부가 이어지면 정부의 기만이 드러나고 정부의 권력 기반이 흔들릴 것임을 알고 있기 때문입니다.

각국 정부가 자국민을 무력으로 통치해나가고, 지금과 같이 새로운 속령(필리핀, 뤼순항 등)을 획득하며 획득한 영토(폴란드, 알자스, 인도, 알제리 등)를 통제하려 하고, 각국 정부 자체가 군대를 축소하기는커녕 반대로 군대의 지속적인 확장을 도모하는 한 그렇습니다.

최근에는 미국의 어느 연대가 [필리핀의] 일로일로 도시로의 진군을 거부했다는 정보가 있었습니다. 이 정보는 어떤 놀라운 일이 발생한 것처럼 전달되고 있지요. 그럼에도 놀라운 일은 어째서 그런 현상이 계속해서 반복되지 않는지입니다. 최근 낯설고 대개는 자기가 존경하지도 않는 사람들의 뜻에 따라 전투에 참여하는 러시아, 독일, 프랑스, 이탈리아, 미국인들 모두는 다른 나라 사람들을 죽이고 자신도 고통과 죽음을 당하는 상황에 어떻게 해서 나설 수 있는 걸까요?

이 모든 사람들이 적어도 병사로 징집될 때는 아니더라도 적진으로 이끌려가는 마지막 순간에라도 정신을 차려야 한다는 게 너무나 분명하고 자연스럽게 여겨집니다. 그 순간 그들이 멈춰 서서 총을 내려놓고 적군에게 그들도 동일하게 행동하라고 소리를 지르는 것입니다.

모두가 그렇게 행동해야 한다는 사실은 너무나 평이하고 자연스러워 보입니다. 하지만 사람들이 그렇게 행동하지 않는다면, 그러한 상황은 사람들이 정부를 믿기 때문에 발생합니다. 각국 정부는 국민이 전쟁을 위해 감당하는 모든 부담들은 그들의 복리를 위한 것이라고 설복시킵니다. 각국 정부들은 저희들이 진행하는 모든 전쟁 준비와 전쟁 자체까지도 평화를 위해 필요한 것이라고 언제나 지독히 뻔뻔하게 단언합니다. 현재 이러한 위선과 기만의 영역에서 또 새로운 행보가 행해지고 있는데, 그것은 저희들의 생존을 위해 군대와 전쟁이 필수적인 각국 정부가 군대 감축과 전쟁 폐지를 위한 방안 탐색에 골몰하는 척한다는 것입니다. 정부들은 개개인이 스스로 전쟁에서 벗어나는 길을 염려하지 않아도 된다고 단언합니다. 각국 정부가 알아서 여러 회담에서 처음에는 군대가 감축되고, 차후에는 폐지되는 방안을 마련한다는 것이죠. 그러나 그것은 거짓입니다.

　　군대의 감축과 폐지는 정부의 의지에 반하는 것이어서 정부의 뜻대로 할 수 있는 일이 아닙니다. 군대의 감축과 폐지는 사람들이 정부를 신뢰하지 않을 때만 비로소 가능합니다. 그럴 때 사람들은 자신들을 낙심시키는 재난에서 스스로 구제될 길을 모색할 것입니다. 또한 사람들은 그러한 구제의 길을 복잡하고 세련된 외교관들의 구상 속에서 찾지 않고, 각자에게 의무적이며 온갖 종교의 가르침과 각자의 심장에 적혀있는 법칙의 간단한 실행에서 찾을 것입니다. 그것은 자신에게 행해지길 원치 않는 일을 다른 사람에게 행하지 않는 것, 더 나아가 자신의 이웃을 죽이지 않는다는 법칙입니다.

군대의 감축, 차후 군대의 폐지는 사회여론이 공포 혹은 이득을 이유로 자신의 자유를 팔아넘기고, 군대에 의한 것으로 일컬어지는 살해자 대열에 서는 사람들을 치욕으로 낙인찍을 때 비로소 달성됩니다. 또한 사회여론이 견디기 어려운 온갖 압박과 고통에도 불구하고 자신의 자유를 다른 사람들의 손아귀에 내주고 거듭 살해의 도구가 되기를 거부하는 사람들을 드러내게 될 때 그렇습니다. 그때 지금은 알려지지 않는 채 심지어 심판받는 사람들이 있는 그대로 선구적인 전사이며, 인류의 은인이라는 사실이 드러나게 될 것입니다.

그때가 되어서야 군대의 선차적인 감축과 후차적인 전면 폐지가 이뤄지고 인류 생활에 새 시대가 도래할 것입니다.

그런 시대가 가까이 있습니다.

이것이 바로 여러 사람들의 병역거부는 대단히 중대한 현상이며, 그러한 병역거부가 인류를 군벌체계의 재앙에서 해방시킬 것이라는 여러분의 견해를 아주 타당한 것으로 생각하는 이유입니다. 그것은 회담이 이러한 일에 조력하리라는 여러분의 견해가 아주 그릇된 것이라고 생각하는 이유이기도 합니다. 회담은 그저 구원과 해방의 유일한 수단에서 사람들의 시선을 돌려놓을 뿐입니다.

1899년 1월
모스크바에서

죽이지 마라

죽이지 마라(출애굽기, 20:13).

제자가 그 선생보다 높지 못하나 온전하게 된 자는 그 선생과
같으리라(누가복음, 6:40).

칼을 쥔 자 모두 다 칼로 망하느니라(마태복음, 26:52).

그러니 모든 면에서 남에게 대접을 받고자 하는 대로 너희도
남을 대접하라(마태복음, 7:12).

찰스 1세, 루이 16세, 멕시코의 막시밀리안 1세처럼 왕들이
재판으로 처형되거나, 또는 표트르 3세, 파벨 1세, 여러 술탄
과 샤, 중국의 황제들처럼 궁정 쿠데타로 살해당한 경우에 대
해서는 보통 아무런 이야기도 하지 않는다. 앙리 4세, 알렉산
드르 2세, 오스트리아의 황후, 페르시아의 샤, 현재 움베르토

1세[16]처럼 재판도 궁정 쿠데타도 없이 살해당한 경우, 그러한 살해는 왕과 황제들, 그 측근들 사이에서 굉장한 충격 섞인 분노를 불러일으킨다. 이런 자들은 마치 살해행위에 참여하거나 살해행위를 이용하지도, 그런 지시를 내린 적도 없다는 태도를 취한다. 그런데 살해당한 왕들 중에 알렉산드르 2세나 움베르토 1세 같은 선량한 이들도 국내의 처형은 차치하더라도, 전장에서 목숨을 잃은 수만 명을 살해한 죄인이거나 참여자였으며 연루자였다. 악랄한 왕이나 황제들은 수십만, 수백만 명을 살해한 범죄자였다.

그리스도의 가르침은 '눈에는 눈, 이에는 이'의 법칙을 폐지했지만, 항상 이 법칙을 고수해왔을 뿐만 아니라 아직도 고수하고 있는 이들이 있다. 이런 자들은 끔찍한 규모의 처벌과 전쟁을 벌여서 이 법칙을 적용하고, 게다가 '눈에는 눈'은커녕 아무런 도전이 없는데도 늘 해온 방식대로 전쟁을 선포하며 수천 명의 학살을 지시한다. 그들은 이 법칙이 자신들에게 적용된다고 해도 분노할 권리를 갖지 못한다. 이 법칙이 적용된 정도도 약소하고 보잘것없어서 왕이나 황제가 지시하거나 동의해서 살해당하거나 살해되는 십만 명, 아니면 백만 명당 왕이나 황제가 살해된 경우는 한 명꼴도 되지 않는 셈이다. 왕이나 황제들은 알렉산드르 2세나 움베르토 1세의 경우와 같은 살해

16 이 글은 1900년 7월 29일 이탈리아 국왕 움베르토 1세 암살 사건에 대한 톨스토이의 즉각적인 반응이었으며, 보존되어 있는 원고의 첫 번째 사본은 '움베르토의 살해'라는 제목을 달고 있다.—옮긴이

에 분노해서는 안 될 뿐만 아니라 오히려 놀라워해야 한다. 그들이 사람들에게 제시하는 지속적이고 전 인민적인 학살의 사례에 비하면, 그러한 피살은 아주 드문 일이기 때문이다.

군중의 모습을 한 사람들은 심각한 최면상태에 있어서 눈앞에서 계속해서 일어나는 일을 보기는 해도 그 의미를 이해하지는 못한다. 그들은 기강 잡힌 군대에 대한 왕과 황제, 대통령의 지속적인 배려와 그들이 서로에게 자랑스레 보여주는 사열, 열병식, 기동훈련을 목도한다. 또한 그들은 현란하게 번쩍이는 바보스런 복장을 입은 긴장된 자세의 형제들이 북과 나팔 소리에 맞춰 기계장치로 변화하여 어느 한 사람의 구령에 따라 모두가 한꺼번에 동일한 동작을 취하는 모습을 보려고 달려들면서도, 그것이 무얼 의미하는지는 이해하지 못한다. 하지만 그 의미는 아주 단순하고 명확하다. 그것은 살육 준비에 다름없는 것이다.

이것은 살육의 도구로 만들기 위해 조작된 인민의 마취 상태이다. 이런 마비 상태를 만들고 관리하며 이런 상태에 자부심을 느끼는 이들은 오직 왕과 황제 그리고 대통령이다. 전문적으로 살육을 담당하며 살육을 직업 삼은 채 늘 군복을 입고 옆구리에 장검을 찬 그네들은 자신들 중 한 사람이 암살당할 때면 공포를 느끼며 분노한다.

최근의 움베르토 1세 살해와 같은 왕들에 대한 살해가 끔찍한 것은 그 행위의 잔인함 때문이 아니다. 왕과 황제의 명령으로 저질러진 사건들, 즉 성 바르톨로메오 축일 학살사건, 신앙을 앞세운 구타, 농민 봉기의 가혹한 진압, 베르사유의 살육전과 같은 과거의 사건뿐만 아니라, 현재 정부 차원의 사형, 감옥의 독방과 징벌부대에서의 혹사, 전쟁 중의 교수, 참수, 난투극은 아나키스트들이 저지른 살해에 비할 바 없이 더 잔인하다. 이런 살해가 끔찍한 것 또한 그 행위의 부당함 때문은 아니다. 알렉산드르 2세와 움베르토 1세가 살해당할 만한 일을 저지르지 않았다면, 플레브나에서 죽임을 당한 러시아군과 에티오피아에 목숨을 잃은 이탈리아군 수천은 더더욱 무고하다. 그러한 살해 행위들이 끔찍한 것은 잔인함이나 부당함 때문이 아니라, 그런 짓을 저지른 사람들의 무분별 때문이다.

왕들을 살해한 자들이 노예화된 인민의 고통이 불러일으킨 개인적 분노감, 또는 개인적인 모욕감과 복수심으로 그런 일을 저지르는 것이라면, 그런 행동이 아무리 부도덕하다고 해도 그것은 이해는 할 만하다. 그들의 눈에는 알렉산드르 2세, [프랑스 대통령] 카르노, 움베르토 1세가 인민의 고통을 야기한 범죄자로 보였기 때문이다. 그러나 사람들의 조직, 즉 현재 이야기되고 있는 것처럼 [움베르토 1세를 암살하도록] 브레쉬를 파견하고 다른 황제들을 위협하는 아나키스트들의 조직은 어째서 살해보다 사람들의 삶의 조건을 향상시킬 수 있는 더 나은 방안을 창안할 수 없는 것인가? 왕이나 황제 같은 인사들의 제거는 머리가 잘린 자리에서 금방 새로운 머리가 돋아나는 설화 속 괴물의 머리 자르기나 다름없다. 왕과 황제들은 연발총 장치와 같은 체계를 이미 오래전에 갖춰놓았다. 총알 하나가

튕겨나가면 다른 총알이 순식간에 그 자리를 채우기 마련이다. Le roi est mort, vive le roi![17] 사정이 이런데 대체 그들을 죽일 이유가 뭐란 말인가?

그저 피상적인 시각으로 볼 경우, 이런 사람들의 살해가 인민의 억압과 인류의 삶을 해치는 전쟁에서 인민을 구제하는 수단으로 비쳐질 수 있다.

그러나 각국 인민을 고통으로 몰아넣는 억압과 전쟁의 원인이 되는 게 어떤 일정한 사람들이 아님을 이해하기 위해서는, 그러한 억압과 전쟁이 늘 정부의 수장이 누구인가 하는 것과 상관없이 벌어지곤 했다는 사실을 떠올리면 된다. 정부의 수장이 니콜라이 또는 알렉산드르, 프리드리히 또는 빌헬름, 나폴레옹 또는 루이, 파머스턴 또는 글래드스턴, 카르노 또는 포레, 매킨리 또는 다른 누구든 상관이 없다. 정작 인민의 재앙은 개별적인 사람들이 아니라 특정한 사회체제 때문에 발생한다. 사람들이 서로 아주 밀접하게 연관되어 모두가 소수나 주로는 한 사람의 권력하에 놓이는 사회체제가 그것이다. 그 소수는 수백만의 삶과 운명을 틀어쥔 부자연스런 자신의 위치로 말미암아 심각하게 타락한 나머지 항상 병적인 상태, 즉 크든 적든 grandiosa[18] 망상에 사로잡혀 있다. 이 과대망상증은 그들의 예외적인 위치로 인해 눈에 띄지 않을 뿐이다.

---

17 국왕 서거, 신왕 만세!
18 과대

이런 사람들은 첫 유년시절부터 죽을 때까지 너무도 무분별한 치장 및 거짓과 비굴함의 분위기에 둘러싸여 있다는 사실은 차치하고, 그들의 양육과 일과 모두는 오로지 하나에 초점이 맞춰진다. 그것은 과거의 살해, 현재 가장 나은 살해 방법, 가장 수월한 살해에 대한 준비태세를 연구하는 것이다. 유년시절부터 그들은 각종 살해 형태를 배우고, 항상 군도와 장검 같은 살해 도구를 차고 다닌다. 그들은 다양한 제복을 차려입고 열병식, 사열, 기동훈련을 행하며, 서로에게 훈장과 연대를 하사하느라 서로서로 왕래한다. 어느 한 사람도 그들에게 그들이 행하는 짓을 진짜 명칭으로 일컫지 않고, 살해 준비태세를 갖추는 짓은 혐오스럽고 범죄적이라고 말하지 않으며, 그들은 자신들의 이런 활동에 대해 찬동하고 환호하는 말만을 사방에서 들을 뿐이다. 그들의 각종 출행, 열병식, 사열에는 사람들이 무리 지어 몰려들어 열렬히 환영한다. 그들 눈에는 이런 행위가 그들의 활동에 대한 모든 국민의 동조 표현으로 보인다. 또한 이 지배자들은 일부 언론만 보며 그것이 전 국민 또는 국민의 최고 대표자들의 감정 표현이라고 여긴다. 그런데도 이들 언론은 가장 비굴한 방식으로 그들의 말과 행동을 끊임없이 칭송한다. 그런 지배자의 말과 행동이 아무리 어리석고 사악하더라도 상관이 없다. 측근인 남성들, 여성들, 성직자들, 사교계인 등 인간적 존엄을 귀히 여기지 않는 이들 모두는 세련된 아첨으로 서로를 맵시 있게 능가하려 애쓰며 지배자들의 모든 걸 묵인하고, 그들에게 진정한 삶을 알아낼 기회를 허용치 않으려고 모든 면에서 지배자들을 기만한다. 이런 지배자들은 백 년을 살 수는 있어도, 진정 자유로운 인간은 결코 만나지 못하며 진실한 말 또한 결코 듣지 못한다. 이따금 이런 사람들의 말과 행위를 듣고 보면서 끔찍함을 느끼는 사람도 있다. 그러나 그들 자리에 서는 사람이면 누구나 똑같이 행동하리라는 걸 이해하려면, 그들의 입장을 숙고해보는 것만으로 충분하다. 이성적 인간이 문득 자신이 그들 자리에 있음을 알아차렸다면, 그가 해낼 이성적인 행동은 오직 하나, 그 위치에서 벗어나는 일이다. 그 위치에 그대로 남아있으면, 누구든 똑같은 행동을 하게 될 것이다.

사실상 독일의 어떤 빌헬름 같은 시야가 좁고 교양이 부족하며 독일 융커의 이상을 품은 허영심 강한 인간의 머릿속에서는 무슨 일이 벌어지겠는가. 만일 그가 어떤 어리석고 추악한 말을 하더라도 그것이 열광적인 hoch[19]로 환영받지 못하고, 또 세계 언론에 의해 최상급의 어떤 주요 사안으로 논평받지 못한다면 말이다. 실상은 그가 병사들은 마땅히 그의 의지를 받들어 저희 아버지까지도 죽여야 한다고 말해도, 다들 만세를 외친다. 그가 복음 전파를 무쇠 주먹으로 해야 한다고 해도 만세를 부른다. 그가 중국에서 [독일]군대는 포로를 잡지 말고 모조리 죽이라고 말하는데도, 그를 정신병원에 가두지 않고 만세를 외

---

19 만세

치며 그의 명령을 실행하기 위해 중국을 향해 항해해간다.[20]

그게 아니면 천성적으로 겸손한 니콜라이 2세가 자기 과업을 스스로 심의하려는 바람에 대해 자치권은 터무니없는 몽상에 불과하다고 원로들에게 선언하는 것으로 자신의 통치시대를 시작하는데도, 그를 상대하는 언론 기관과 사람들은 이러한 일을 두고 그를 찬양한다. 그가 만민의 평화라는 유치하고 어리석으며 거짓된 기획을 제안하는 동시에 군대 확대를 지시하는데도, 그의 지혜와 미덕에 대한 찬양이 제한 없이 행해진다. 아무런 필요도 없이 그가 가혹하고 무분별하게 핀란드 전체 국민을 모욕하고 괴롭히는데, 그에게는 다시금 찬동의 말만 들려온다. 마침내 그 자체의 불공정, 잔혹성 및 평화 기획과의 불일치라는 면에서 끔찍하기 이를 데 없는 [아무르주 블라고베셴스크에서] 중국인 살육전을 조직하는데도, 사방의 모두가 여러 차례의 전승과 부왕의 평화정책 계승을 동시에 거론하며 그를 찬양한다.

사실상 이들의 머릿속과 마음속에서는 무슨 일이 벌어지겠는가?

그러므로 각국 인민의 억압과 전쟁에서의 살육행위에 대한 책임은 저 억압과 전쟁을 지휘한 알렉산드르, 움베르토, 빌헬름, 니콜라이, 체임벌린 같은 자들이 아닌, 그들을 자국민의 삶

---

20 톨스토이는 1900년 7월 독일이 외세배척을 기치로 봉기한 의화단운동 진압을 목적으로 청나라에 독일군대를 파견하는 전송식에서 빌헬름 2세가 행한 이른바 '훈족 연설'을 상기시키고 있다.—옮긴이

을 좌우하는 지배자 위치에 세우고 떠받드는 자들에게 있다. 따라서 알렉산드르, 니콜라이, 빌헬름, 움베르토 같은 자들을 암살할 일이 아니라, 그런 자들을 생산하는 사회체제에 대한 지지를 철회해야 한다. 현재의 사회체제를 지탱하는 것은 물질적 이득을 위해 자신의 자유와 명예를 파는 우리들의 에고이즘이다.

사회체계의 사다리 최하부에 있는 사람들은, 부분적으로는 애국주의적이고 거짓 종교적인 교육의 결과로 인해, 부분적으로는 개인적 이득을 챙기느라, 그들보다 상위에 있으며 그들에게 물질적 혜택을 제공하겠다는 사람들을 위해 자신의 자유와 인간 존엄성을 저버린다. 그 사다리 조금 위쪽 층계에 자리한 사람들 또한 그와 같은 상태에 있다. 이들 역시 마비 상태에서 주로 이득을 탐하느라 자신의 자유와 인간적 존엄을 양도한다. 더 상위에 있는 사람들도 마찬가지여서 이러한 상태는 최상위까지 이어진다. 최상위의 인물들, 혹은 한 인물은 원추의 꼭짓점에 있어서 이제는 더 이상 얻을 것도 없다. 그 인물이 활동을 벌이는 유일한 동기는 권력욕과 허영이다. 이러한 권력욕은 보통 인민의 삶과 죽음을 좌우하는 권력 및 그와 연관된 주위 사람들의 아부와 아첨으로 인해 극심하게 방종해지고 마취상태에 빠진다. 그리하여 악행을 멈추지 않으면서도 그것으로 인류 공영에 이바지한다고 믿어 의심치 않는다.

각국 인민은 이득을 위해 스스로 인간적 존엄을 희생함으로써, 지금과는 다른 어떤 일도 할 수 없는 자들을 생산해 놓고도 그들의 어리석고 악랄한 행동에는 분노한다. 그러나 이런 자들을 살해하는 행위는 자식을 버릇없이 키운 다음 아이에게 회초리를 드는 일과 마찬가지다.

인민의 억압과 불필요한 전쟁이 사라지게 하고 그 책임자로 여겨지는 자들에 대해 아무도 격분하지 않고 그들을 암살하지 않게 하려면, 그저 아주 작아 보이는 일, 즉 사람들이 사물을 있는 그대로 이해하고 사물을 진짜 이름으로 부르기만 하면 된다. 군대는 살인 도구이며, 왕과 황제, 대통령들이 자기 확신에 차서 몰두하는 업무 자체인 군대 징집과 통솔은 살인을 위한 준비라는 사실을 알아야 하는 것이다.

왕과 황제, 대통령 각자가 군대를 운용하는 직무는 아첨쟁이들이 불어넣듯 존경받는 중요한 의무가 아니라, 살인을 준비하는 추잡하고 치욕스런 업무라는 사실을 이해하는 것으로 족하다. 그리고 각 개인은 병사를 고용하고 무장시키는 데 사용하는 조세 납부와 더 나아가 군대 입대가 아무래도 상관없는 행위가 아니라, 살인에 참여하고 묵과하는 추하고 부끄러운 행위임을 파악하면 된다. 그러면 우리를 격분시키는 황제와 대통령, 왕의 권력은 저절로 사라지게 마련이다. 그 권력 때문에 지금 암살이 벌어지는 것이다.

그런즉 알렉산드르, 카르노, 움베르토 같은 사람들을 죽일 게 아니라, 그들 자체가 살인자라는 사실을 까발려야 한다. 중요한 것은 그들이 사람들을 죽이지 못하도록 하고, 그들의 명령에 따라 죽이는 것을 거부해야 한다.

사람들이 여태 그렇게 행동하지 않는 상황은 각국 정부가 자기보존 감각에서 열성을 다해 그들을 붙들어 둔 최면상태로 인한 것이다. 따라서 살인으로는 왕의 암살이나 서로에 대한 살인을 그치게 하는 길이 될 수 없다. 살인은 거꾸로 최면상태를 강화시킬 뿐이다. 그 길은 사람들을 최면상태에서 벗어나도록 각성시키는 데 있다.

바로 그런 일을 나는 이 글을 통해 시도하는 것이다.

1900년 8월 8일

출구는 어디에 있는가?[21]

1

농촌에서 태어난 소년은 성장해서 아버지, 할아버지, 어머니와 더불어 일을 한다.

소년이 체험하는 일은 바로 이런 것이다. 소년은 아버지와 함께 쟁기질하고 써레질하여 씨를 뿌린다. 그리고 어머니와 누이가 곡물을 베고 거두어서 단으로 묶어놓은 그 경작지에서 소

---

[21] 1897년부터 톨스토이는 기존의 경제적, 정치적 질서에 반대하는 호소문을 구상하고 일기장에 그 기록을 남겼다. 그 구상은 다른 작업 등으로 인해 작업 중단 과정을 거친 끝에 〈호소문〉과 〈악의 뿌리〉는 끝내 완성되지 않았고, 〈출구는 어디에 있는가〉, 〈과연 이래도 되는가〉는 1900년 말에야 작가의 최종 수정을 거쳐서 출간되었다.─옮긴이

년은 어머니를 돕느라 직접 낟가리를 쌓기도 했다. 첫 수확한 낟가리들을 아버지는 그 경작지에서 자기네 집이 아니라, 뜰을 지나쳐 지주네 탈곡장으로 실어간다. 아버지와 소년이 짐을 잔 뜩 실어 삐걱대는 달구지가 지주네 집을 지날 무렵, 소년의 눈에는 그 집 발코니의 반들반들한 사모바르와 식기며 파이, 달 짝지근한 과자류가 차려진 테이블 건너편에 곱게 차려입은 귀 부인이 앉아있는 모습이 들어온다. 그리고 길 저쪽 편 깨끗이 손질된 평지에서는 수놓은 셔츠를 입고 번쩍이는 장화를 신은 지주네 아들이 둘이서 공놀이하는 모습도 보인다.

한 아이가 달구지 너머로 공을 힘껏 내던졌다.

"얘, 저 공 주워 와!" 그 아이가 소리를 지른다.

"바시카, 얼른 주워다 줘라!" 아버지가 아들에게 소리친다. 아 버지는 모자를 벗고, 고삐를 든 채 달구지 곁에서 걷고 있었다.

'이게 무슨 일이지? 난 들일을 하느라 완전 지쳤는데, 저 애 들은 놀고 있잖아. 그런데도 내가 저 애들한테 공을 주워주라 고.' 소년은 그런 생각을 한다.

하지만 소년은 공을 주워들고, 소공자는 소년을 쳐다보지도 않고 새하얀 손으로 햇볕에 그을려 시커먼 농부 소년의 손에 서 공을 받아들고는 바로 공놀이를 한다. 달구지 곁의 아버지 는 저 멀리 가 있었다. 소년은 먼지투성이 길에 너덜너덜한 덧 장화를 절벅거리며 줄달음쳐서 아버지를 따라잡았다. 그리고 두 사람은 곡식 단을 실은 달구지로 가득 찬 탈곡장 안으로 들 어선다. 등짝에 땀이 흐른 돗천 재킷을 입고 손에는 회초리를

든 부산스런 마름이 소년의 아버지를 욕설로 맞이한다. 제자리로 들어서지 않았다는 것이다. 아버지는 죄송하다는 말을 하고 고단한 듯 걸어가서 기진맥진한 말의 고삐를 죄어 당기며 다른쪽으로 몰아간다.

소년은 아버지에게 다가가서 물어본다.

"아빠, 왜 우리 호밀을 여기로 실어온 거죠? 우리가 일해서 얻은 거잖아요?"

"땅이 이 사람들 거니까 그렇다." 아버지가 화난 듯 대답한다.

"그럼 누가 이 사람들에게 땅을 준 거예요?"

"그건 저 마름한테 여쭤봐라. 마름이 네 녀석한테 그게 누군지 보여줄 게다. 저 회초리 봤지?"

"이 곡식은 다 어디 두는 거죠?"

"그거야 가루를 내서 내다 팔겠지."

"그럼 그 돈은 다 어디다 쓰죠?"

"그야 저 단 빵들을 잔뜩 사는 데 쓰겠지. 테이블에 있는 거 봤지. 거길 지나왔잖아."

다시 소년은 입을 다물고 생각에 잠겼다. 그러나 오랜 생각을 할 겨를이 없다. 누군가 아버지를 향해 낟가리 쪽으로 움직이라고 고함을 지른다. 아버지는 달구지를 그쪽에다 세우고 달구지에 기어올라서 어렵사리 매듭을 풀고는 안 그래도 탈장된 배를 더욱더 뒤틀어가며 곡식 단을 낟가리로 던져 올린다. 소년은 늙은 암말을 제어하는 중이었다. 소년은 벌써 두 해째 낮에 말을 끌고 목초지를 다니며 아버지가 명한 대로 등에를 쫓 아주고 있다. 계속 생각해보았지만, 결코 이해할 수 없는 일이었다. 어째서 땅은 거기서 일하는 사람이 아니라 수놓은 셔츠를 입고 공놀이를 하며, 단 빵에 차를 곁들여 마시는 소공자들의 것이란 말인가?

소년은 일하는 중에도, 잠자리에 누울 때도, 말들을 지키고 있을 때도 생각해보지만 답은 찾을 수가 없다. 모두들 그래야 한다고 말하며, 그리들 살고 있다.

그리고 소년은 성장해서 결혼을 하고, 그에게도 아이들이 태어난다. 아이들은 똑같은 질문을 하며 놀라워한다. 그는 아버지가 했던 말과 똑같이 대답한다. 그렇게 똑같이 빈궁하게 살면서도 그는 한가한 타인들을 위해 순종적으로 일을 한다.

그는 그래저래 딱하게 살고 주변의 모두 그렇게들 살아간다. 가깝고 먼 어디를 가든 어디서나, 나그네들이 들려주는 말처럼 삶의 모습은 하나같이 똑같다. 어디서나 농부들은 한가하게 노는 타인들을 먹여 살리느라 무리하게 일을 하다가 탈장이 생기거나 천식, 폐병을 얻기도 한다. 그렇게 슬픔을 달래려 술을 퍼마시다가 때 이른 죽음을 맞는다. 여자들은 부엌일을 하고 가축을 돌보고, 이리저리 말끔히 씻어내고, 남편들 옷을 장만하느라 모진 힘을 써서 녹초가 되곤 한다. 그들 역시 때아니게 늙어서 힘에 겨운 시도 때도 없는 노동으로 쇠약해진다.

어디서나 그들이 먹여 살리는 사람들은 사륜마차며 유개마차, 측대보로 뛰는 말과 개들을 장만하고, 대화와 놀이자리를 만들거나 부활절부터 다음 부활절까지 아침부터 저녁까지 축제날처럼 놀거나 먹으며 매일 술을 마신다. 그들을 먹여 살리느라 일하는 사람은 큰 축제날조차 그런 대접을 받지는 못한다.

2

어째서 이런 상태에 처하는가?

노동하는 농사꾼에게 떠오른 첫 번째 답변은 땅을 농사꾼에게서 앗아가 땅에서 일하지 않는 사람들에게 넘겨줬기 때문이라는 것이다. 농민은 가족과 함께 먹고살아야 한다. 그런데 일하는 농민에게는 땅이 아예 없거나, 농민과 그의 가족이 먹고 살기에는 땅이 턱없이 부족하다. 따라서 굶어 죽기를 각오하거나, 바로 농가 근처에 있지만 일하는 사람에게 귀속되지 않은 땅을 일구는 방법밖에 없다. 일단 소작이라도 부쳐 볼 요량이면 땅 주인이 내거는 조건에 동의해야 한다.

우선은 그렇게 여겨지지만, 문제는 이것 하나에만 있는 게 아니다. 땅이 넉넉해서 그 땅으로 먹고살 만한 농민들도 있다. 하지만 결국에는 그런 농민들조차 모두든 일부든 노예 상태에 빠지고 만다. 어째서 그런 상태에 처하는가? 농민이라면 다들 보습, 낫, 편자, 건축 자재, 등유, 차, 설탕, 술, 밧줄, 소금, 성냥, 체, 담배를 돈을 들여 사들여야 하기 때문이다. 농민이 자기 노동의 산물을 팔아서 얻는 돈은 직간접적인 조세 형식으로 국고와 젬스트보[22]로 계속해서 거둬간다. 게다가 농민이 구입하는 물건에는 초과 가격이 얹어지기도 한다. 그러므로 농민들 대부분은 돈을 가진 사람들을 상대로 노예 상태의 선금을 받는 계약직 일을 하는 것 말고는 달리 필요한 돈을 마련할 수가 없다.

농민들 그리고 그들의 아내와 딸들도 그렇게들 한다. 개중에 어떤 사람들은 제집에서 가까운 곳에서, 어떤 사람들은 먼 곳의 수도들에서 하인, 마부, 유모, 젖어미, 하녀, 목욕탕 때밀이, 선술집 장사로 계약직 일에 나선다. 대개는 공장 노동자로 가족 전부를 데리고 도시로 떠난다.

농촌 사람들이 이런 직분을 얻어 도시의 계약직이 된 뒤에는 땅을 일구는 일과 소박한 생활에서 멀어지고, 도시의 음식과 옷, 음료에 친숙해진다. 그리고 그들은 이런 습관들로 인해 자신의 노예 상태를 더욱 고정시킨다.

노동자가 부자들의 노예 상태로 있는 원인은 땅의 부족 하나만이 아니다. 그 원인은 조세와 각종 물품에 얹어지는 가격과 도시의 사치스런 물건인데, 농촌의 일꾼들은 농촌을 떠나 그러한 것들에 익숙해진다.

이들의 노예 상태는 땅에서부터 시작되었다. 다시 말해, 일하는 사람들로부터 땅을 앗아간 상태였기 때문인데, 조세에 의해 이러한 노예 상태가 유지되고 강화되었다. 이런 노예 상태

---

22   1864년 개혁 과정에서 설치된 러시아 지방자치의회 —옮긴이

가 고착되고 견고해지는 이유는 사람들이 농촌의 노동에서 멀어져서 도시의 사치에 익숙해졌기 때문이다. 그들은 돈 있는 사람에게 자신을 노예 상태로 파는 것 말고는 어떤 것으로도 이러한 도시의 사치를 보장할 수 없다. 그리하여 이러한 노예 상태는 점점 더 확산되고 고착된다.

농촌마다 사람들은 반쯤 굶주린 상태로 끊임없는 노동과 궁핍 속에서 토지 소유자들의 노예 상태로 살아간다. 도시마다, 공장들마다, 제작소마다 공장 일꾼들은 인간에게 어울리지 않는 단조롭고 따분하며 건강을 해치는 노동으로 인해 세대를 이어서 정신적, 도덕적으로 타락한 채 공장주들의 노예 상태로 살아간다. 해가 갈수록 이들의 상태는 다른 이러저런 사람들과 마찬가지로 더욱더 악화되어 간다. 농촌 사람들의 빈곤은 더 심화되어 간다. 더욱더 많은 사람들이 공장을 찾아 떠나기 때문이다. 도시에서는 사람들은 빈곤해지는 데도 거꾸로 부유해지는 것처럼 보이는 대신 점점 더 절제가 없어지며, 이들이 익숙해진 일 말고는 다른 모든 일에 점점 더 무능력해진다. 결국 사람들이 점점 더 공장주들의 영향하에 들어가는 결과가 빚어진다.

결국 토지 소유주들의 권력과 공장주들의 권력, 대체로 부자들의 권력은 점점 더 커지며, 노동하는 사람들의 삶의 조건은 더욱더 악화되는 것이다.

이런 상태로부터의 출구는 어떤 것인가? 그 어떤 출구가 있기라도 한가?

3

토지의 속박으로부터의 해방은 아주 손쉬운 일인 것처럼 여겨진다. 이러한 해방을 위해서는 지당한 것, 즉 기만당하지만 않는다면 사람들이 결코 의심을 품을 여지가 없는 것만 인정하면 된다. 다시 말해, 세상에 태어난 모든 인간은 토지에서 먹을 것을 얻을 권리를 갖는다는 사실을 인정하는 것이다. 이는 각자가 공기 또는 햇빛에 대한 권리를 갖는 것과도 같다. 따라서 그 누구도 토지에서 일하지 않는다면, 토지를 자기 것으로 간주하고 다른 사람들이 거기서 일하는 것을 금지시킬 권리를 갖지 않는다는 사실 또한 동일하다.

그러나 토지의 속박으로부터 이러한 토지의 해방을 정부는 결코 허용치 않을 것이다. 정부를 구성하는 인물들 대부분이 토지를 소유하고 있고, 그들의 모든 존재 기반이 그러한 소유에 기초하기 때문이다.

그들은 이러한 사실을 알기 때문에 전력을 다해 이러한 권리를 따르며 그것을 옹호한다.

30년쯤 전 헨리 조지[23]는 토지를 소유제로부터 해방시키는 합리적이고 충분히 실행 가능한 기획을 제안했다. 그러나 미국에서도, 영국에서도(프랑스에서는 이 기획에 관한 언급조차 하지

---

23 헨리 조지Henny George(1839~1897): 미국 경제학자이자 사회개혁가. 단일토지세를 주장한《진보와 빈곤》등을 집필했다. ―옮긴이

않는다) 그의 기획을 채택하지 않았을 뿐만 아니라 반박하려는 갖은 노력을 기울였으나, 반박이 불가능해지자 아예 묵살했다.

미국과 영국에서 이 기획이 채택되지 않고 있다는 것은 독일, 오스트리아, 러시아와 같은 군주제 국가에서 이 기획이 채택되리라는 희망이 더 적다는 뜻이다.

우리 러시아에서는 거대한 공간의 토지를 사적인 인물들과 차르 그리고 차르의 일족이 차지하고 있다. 그런 이유로 인민은 토지에 대한 권리가 없는 자신들의 처지를 둥지 밖의 아기새만큼이나 무력하게 느끼며, 스스로의 권리를 포기할 뿐만 아니라 그 권리의 침해를 허용하고 그 권리를 위해 최선을 다해 싸워보지도 않는다. 따라서 권력이 토지 소유자로 구성된 정부쪽에 있는 한, 토지 소유제로부터의 해방은 이뤄질 수 없을 것이다.

조세로부터 해방될 가능성은 그와 마찬가지로 극히 적고 더욱 적다. 정부 전체, 즉 정부의 수장 차르에서부터 하급 순경에 이르기까지 조세로 연명한다. 그러므로 정부가 직접 나서서 조세를 폐지한다는 것은 인간이 자신의 유일한 생존 수단을 스스로 없애버리는 것만큼이나 상상조차 불가능하다.

실제로 현재 어떤 정부들은 조세를 소득으로 이동시키는 방식, 즉 소득 증가 정도에 따라 조세 규모를 확대함으로써 국민의 조세 부담을 없애려는 노력을 기울이는 것처럼 보인다. 그러나 그처럼 직접 과세에서 소득에 대한 과세로 변경하는 것이 국민의 부담을 덜어줄 수는 없다. 왜냐하면 부자들, 즉 상인들과 토지 및 자본 소유자들은 조세 증가 정도에 따라 노동자들이 필요로 하는 상품 가격과 땅값은 높이고 노동 임금은 삭감할 것이기 때문이다. 따라서 온갖 조세 부담은 여전히 노동하는 사람들이 짊어지게 될 것이다.

자본가들이 생산 도구를 소유함으로 인해 벌어지는 속박으로부터 노동자들을 해방시키기 위해 학자들은 일련의 대책을 제안하고 있다. 그들의 제안에 따르면, 노동자들의 임금이 계속 상승해야 하고 작업 시간은 단축되며, 모든 생산 수단은 공장주 소유에서 노동자들의 손으로 이전되어야 한다. 이러한 이전은 노동자들이 모든 제작소와 공장을 소유함으로써 자기 노동의 일부를 자본가들에게 넘기지 않아도 되고, 노동의 대가로 모든 필수 수요품을 갖출 수 있도록 하자는 것이다. 유럽에서는 이런 방법이 널리 전파되고 있다. 영국, 프랑스, 독일에서는 이미 30년 이상 전파되었지만, 여태 이런 방법의 실현은커녕 약간의 근접도 어려운 실정이다.

노동자 동맹이 존재하고 있으며, 동맹파업이 이뤄지고 그러한 방법을 통해 노동자들은 작업량 축소와 임금 확대를 계약 조건으로 요구하고 있다. 그러나 자본가들과 연계된 각국 정부는 자본가들에게서 생산 수단의 박탈을 지금은 물론 차후에도 허용하지 않을 것이기 때문에 문제의 본질은 그대로 남는다. 노동자들은 더 많은 임금을 받고 작업을 덜하면 수요를 늘이게 됨으로 그 결과 여전히 자본가들의 속박을 받는 처지에 놓인다.

따라서 현재와 같은 일하는 사람들의 속박은 각국 정부가 일하지 않는 토지 소유자 편에서 토지 소유제를 고수하는 한 해소될 수 없음이 분명하다. 이러한 속박이 해소될 수 없는 또 다른 조건은 각국 정부가 직간접 조세를 거두고 자본가들의 소유권을 옹호하는 상황의 지속이다.

4

일하는 사람들의 속박이 생기는 이유는 각국에 정부가 존재하기 때문이다. 일하는 사람들의 속박이 정부 때문에 발생하는 거라면, 해방을 위해서는 기존의 정부를 제거하고 새로운 정부를 수립할 필요성이 자연스레 떠오른다. 이런 새로운 정부가 세워지면, 토지를 소유제에서 해방하고 조세를 폐지하고 자본과 공장들을 노동자들이 관리하고 관할하도록 양도할 수 있을 법하다.

이러한 출구를 가능한 것으로 인정하고, 그 준비를 해나가는 사람들이 있다. 그러나 다행스럽게도 (늘 폭력 및 살해와 연관된 그런 활동은 부도덕하며, 역사 속에서 숱하게 반복되었듯이 그 활동이 목적하는 일 자체에 파멸적이다) 그러한 활동들은 현재 불가능하다.

각국 정부가 아직 인류를 위한 정부의 선량한 사명을 순진하게 믿고서 각종 반란으로부터 어떤 자기 보장책도 취해보지 못하고(당시에는 철도나 전신이 없었다) 쉽사리 전복되던 시절은 이미 지나갔다. 1640년 영국, 대혁명 때의 프랑스, 그 후 1848년 독일에서 그런 일이 벌어진 바 있다. 그 후 단 한 차례 1871년의 혁명[파리 코뮌]이 있었는데, 그것도 예외적인 조건에서 벌어진 것이었다. 우리 시대에 혁명이나 정부 전복은 그야말로 불가능하다. 그런 일이 불가능한 까닭은 이 시대 각국 정부가 스스로의 불필요성과 해독성, 이제는 아무도 정부의 신성함을 믿지 않는다는 사실을 알고서 자기보존의 감각 하나만을 지침으로 삼고, 손안에 있는 온갖 수단을 이용해서 정부 권력을 깨트리거나 흔들 수 있는 모든 것에 대응하여 항상 경각심을 늦추지 않기 때문이다.

우리 시대 각 정부에는 철도, 전신, 전화로 연결된 관리들의 군대가 있으며 온갖 최신식 장치가 갖춰진 요새와 감옥이 존재한다. 사진, 인체 측정기, 지뢰, 대포, 총과 같은 최고로 개량된 폭력 도구들이 그 장치인데, 새것이 나오기만 하면 즉각 저희들의 자기보존 목적에 적용한다. 간첩활동 조직, 매수되는 성직자들, 매수되는 학자들, 예술가들, 언론도 존재한다. 요점은 각 정부에는 애국심과 매수, 최면에 걸려서 비뚤어진 일정 수의 장교들과 육체적으로 강건하고 도덕적으로 덜 발달된 스물한 살의 젊은이들, 즉 병사들 수백만, 또는 규율에 의해 얼빠져서 상관이 지시하는 온갖 범죄를 저지를 준비가 된 고용된 부도덕한 인간 쓰레기도 있다는 것이다.

그런 까닭에 우리 시대에 그러한 수단을 보유하고 항상 경각심을 놓지 않는 정부를 격파하는 일은 완력으로는 불가능하다. 어떤 정부도 이런 일이 닥칠 때까지 가만있지는 않을 것이다. 그런 정부가 존재하는 한, 정부는 토지 소유, 조세 징수와 자본 소유를 지원할 것이다. 거대 토지 소유주들, 조세에서 봉급을 받는 관리들, 자본가들이 정부의 일원이기 때문이다. 사적 소유자들에게 속해 있는 토지를 소유하려는 일하는 사람들의 갖가지 시도는 늘 그랬던 것처럼, 동원된 병사들이 완력을 써서 토지를 차지하려는 사람들을 몰아내고 토지를 소유자에게 돌려주는 방식으로 항상 막을 내린다. 청구되는 조세를 지불하지 않으려는 갖가지 시도 또한 마찬가지로 끝난다. 동원된 병사들이 조세로 청구된 것을 빼앗고, 징세를 거부한 자에게 완력을 쓰는 것이다. 생산도구와 공장을 차지하려는 사람들뿐만 아니라, 동맹파업을 관철시키려거나 타 노동자들에게 작업 대가를 낮추지 못하게 하려는 사람들에게도 똑같은 일이 벌어진다. 이미 각처에서 지속적으로 벌어져 왔듯이 병사들이 동원되어 참여자들을 해산시키는 일이 유럽에서도, 러시아에서도 발생할 것이다. 조세를 거둬서 생존하고 토지 및 자본 소유자들과 연계된 정부의 수중에 병사들이 있는 한, 혁명은 불가능하다. 병사들이 정부의 수중을 벗어나지 못하는 한, 생활 구조는 병사들을 수중에 둔 자들이 바라는 대로 될 것이다.

따라서 다음과 같은 의문은 자연스럽다. 대체 병사들은 누구인가?

병사들은 다름 아닌 토지를 빼앗기고 조세를 징수당하며 자본가들에게 속박되어 있는 바로 그 사람들이다.

어째서 이들 병사들은 자신을 반대하고 나서는가?

이들이 그런 일을 하는 이유는, 다르게 행동할 수가 없기 때문이다. 달리 행동할 수 없는 이유는 길고 복잡한 과거의 양육, 종교적인 교육, 최면걸기를 통해 이들은 판단을 할 수가 없고, 복종만 할 수 있는 상태에 빠졌기 때문이다.

정부는 국민들에게 받아낸 돈이 수중에 있기 때문에 이 돈으로 각종 책임자들을 매수한다. 그리고 이 책임자들은 병사들, 그리고 군사 책임자들을 모집하는 일에 나서고, 군사 책임자들은 교육, 즉 병사들의 인간적 의식을 박탈하는 일을 하는 것이다. 핵심은 그 돈으로 정부가 교원들과 성직자들을 매수하는데, 이들은 모든 수단을 동원해서 병역, 즉 살육 준비가 인민을 이롭게 하는 일일 뿐만 아니라 선량하고 신의 뜻에 합당한 일이라고 어른, 아이 할 것 없이 주입시키는 것이다. 해마다 그들은 물론 그들과 유사한 사람들이 인민을 부자들과 정부에 예속시키는 상황을 보고 있음에도 불구하고, 그들은 순순히 입대한다. 그리고 일단 입대를 하면, 그들은 자기 형제들에게 분명한 해를 끼치는 일이든, 자기 부모를 죽이는 일이든, 그들에게 지시킨 일이라면 뭐든지 무조건적으로 수행한다.

이렇듯 매수된 관리들과 교관들 그리고 성직자들이 병사를 양성하며, 그들의 얼을 빼놓는다.

그리하여 병사들은 상부의 명령에 따라 자유 박탈, 부상, 살해 위협을 해가며 토지에서의 소득, 공장과 장사에서의 소득과 조세를 지배계급을 위해 거둬들인다. 지배계급은 그 돈의 일부를 책임자, 교관, 성직자들을 매수하는 데다 쓰는 것이다.

6

그렇듯 상황은 악순환에 빠져있고, 어떤 출구도 없는 것처럼 보인다.

무력에 무력으로 맞서라는 식으로 혁명가들이 제안하는 출구는 명확히 불가능하다. 각국 정부는 이미 규율 잡힌 무력을 장악하고 있어서 그와 같은 다른 규율 잡힌 무력의 형성을 결코 허용하지 않을 것이다. 지난 세기의 각종 시도들은 그러한 시도가 얼마나 헛된 것인지를 보여주었다. 출구는 일단의 사회주의자들이 생각하듯 이미 결속하여 더욱더 결속하는 자본주의자 세력을 제압할 법한 대규모 경제적인 세력을 형성하는 데 있지도 않다. 수백만의 비참한 사람들을 보유한 노동자 동맹은 언제나 군사력의 지원을 받는 백만장자들의 경제적인 위력에 맞서 싸울만한 능력을 결코 갖출 수가 없을 것이다. 또 다른 사회주의자들이 제안하는 것으로서 의회 다수를 장악하는 식의 출구 또한 마찬가지로 실현 가능성이 거의 없다. 군대가 정부의 수중에 있는 한 의회에서 다수가 되어도 아무것도 성취할 수가 없다. 의회의 결정이 지배계급의 이해관계에 배치되는 순간, 정부는 그런 의회를 폐쇄하고 해산할 테니 말이다. 그런 일들은 반복되어 왔고, 군대가 정부의 수중에 있는 한 반복될 것이다. 군대에 사회주의적 원칙들을 끌어들이는 일 역시 아무런 효과도 내지 못한다. 군대의 최면상태는 너무나 교묘하게 순응되는 것이어서 군대에 있는 한 아무리 자유롭게 사고하는 이성적인 사람일지라도, 그는 저에게 요구되는 일을 언제나 수행하게 마련이다. 따라서 출구는 혁명에도, 사회주의에도 없다.

만약에 출구가 있다면, 그것은 여태 통용된 적이 없는 어떤 것이다. 오직 그것만이 너무나 복잡하고 교묘하게 아주 오래전에 갖춰져 인민을 속박하는 정부 기구를 확실히 제거한다. 이러한 출구는, 넋을 빼놓고 타락하게 만드는 규율의 영향을 받기 전에 군입대를 거부하는 데 있다.

이 출구는 유일하게 가능한 것인 동시에 민간인 각자에게 불가피하게 의무적인 것이기도 하다. 이것이 유일하게 가능한 방안인 까닭은 기존의 폭력이 각국 정부의 세 가지 행위, 즉 국민을 약탈하고, 약탈된 돈을 약탈을 조직한 사람들에게 분배하며, 인민의 징병을 기반으로 해서 유지되기 때문이다.

민간인으로서는 정부가 군대를 동원해 인민을 약탈하는 행위를 막고 나설 수 없고, 인민에게서 거둔 돈을 병사들을 징집하고 이들을 미혹 상태에 빠트리기 위해 정부에 필요한 사람들에게 분배하는 것 역시 막고 나설 수 없다. 그러나 민간인이라도 인민의 군입대를 방해할 수는 있다. 그것은 스스로 군입대를 거부하고, 입대하면 빠져들게 되는 속임수의 본질을 설명하는 방법을 통해서 가능하다.

그러나 이 일은 민간인 각자가 **할 수 있다**는 것으론 부족하고, 민간인 모두가 **마땅히** 나서야 하는 일이다. 민간인 모두가 이런 일을 해야만 하는 까닭은, 군대 입대는 그가 어떤 믿음을 가졌든(모든 종교는 살인을 금지한다) 종교를 죄다 부정하고, 인간의 존엄성을 부정하는 행위이며, 오로지 살인을 목적으로 삼는 속박 상태에 자발적으로 들어가는 행위이기 때문이다.

일하는 사람들이 지배계급에 붙들려있는 예속상태에서 벗어나는 유일하고 가능하며, 필수적이고 필연적인 출구는 여기에 있다.

출구는 폭력으로 폭력을 무너뜨리는 데 있지도 않고, 생산도구를 차지하거나 의회에서 정부와 투쟁하는 데 있지도 않다. 출구는 각자 스스로가 자신을 위해 진리를 자각하고 진리를 따르며 진리에 부합하게 행동하는 데 있다. 인간이 이웃을 죽이면 안 된다는 진리는 이미 인류에 의해 자각된 것이어서 모두에게 알려져 있다.

사람들이 외적인 현상에다 힘을 기울이지 말고, 그 원인, 즉 자신의 삶에 힘을 쏟으면 된다. 그러면 불을 마주한 밀랍처럼

사람들을 붙잡아 괴롭히는 폭력과 악의 권력 또한 녹아버릴 것
이다.

1900년

과연 이래도 되는가?

1

들판 한가운데 벽으로 둘러싸인 무쇠 주물공장이 서있다. 거대한 굴뚝에서는 연기가 그침 없이 뿜어져 나온다. 체인 돌아가는 소리가 우르릉대는 공장에는 용광로와 진입용 레일이 갖춰져 있고, 관리자들과 노동자들의 숙소가 흩어져 있다. 이 공장과 공장 탄광에서는 노동자들이 개미처럼 꾸물꾸물 움직인다. 일군의 노동자들은 100아르신[1아르신은 약 71.12센티미터] 아래 땅 밑 어둡고 비좁으며 공기가 탁하고 습한 데다 끊임없이 죽음의 위협이 도사리는 갱도에서 아침부터 밤, 또는 밤부터 아침까지 광석을 캔다. 또 다른 노동자들은 몸을 잔뜩 구부리고 이 광석 혹은 진흙을 갱 입구로 실어다 놓고 도로 빈

트레일러를 끌고 가서는 다시 그것을 가득 채우곤 한다. 이처럼 그들은 일주일 내내 하루 12~14시간 작업을 한다.

탄광 노동자들은 이렇게 작업한다. 한 무리는 용광로 작업장 화로 곁 숨 막히는 열기 속에서, 다른 노동자들은 쇳물과 광재를 내려보내는 일을 한다. 그리고 기계공, 화부, 철공, 벽돌공, 목수들이 여러 제작소에서 일하는데, 이들 역시 일주일 내내 하루 12~14시간씩 일한다.

일요일마다 이 노동자들 모두가 주급을 받고, 목욕을 하거나 때로는 씻지도 않은 채로 사방에서 공장을 에워싸서 노동자들을 붙드는 식당과 술집에서 진탕 술을 마신다. 그리고 월요일에는 다시 아침 일찍 동일한 작업장으로 간다.

공장 가까운 곳에서는 농부들이 일에 시달려 바싹 여윈 말을 부려 남의 밭을 경작한다. 이런 농부들은 동틀 무렵에 자리에서 일어난다. 이들은 야간방목, 즉 말에게 실컷 풀을 뜯게 할 유일한 장소인 늪지 근처에서 밤을 보내기도 한다. 이들도 동틀 때 일어나 집으로 가서 말을 매고는 빵 한 덩이 집어 들고 남의 밭으로 나가 그 땅을 일군다.

또 다른 농군들은 그 공장 가까이 큰길에서 거적으로 보호막을 둘러치고 돌 깨는 작업을 한다. 이 농군들의 다리는 깨진 상처투성이고 손은 굳은살이 박혔으며, 온몸이 먼지투성이에다 얼굴, 머리칼, 수염뿐 아니라 폐까지도 석회 먼지가 배어들었다.

이들은 덜 부서진 무더기 중에 큼직한 돌덩이를 골라잡아 짚신 신고 누더기를 감은 발바닥 사이에 놓고 묵직한 해머로 돌덩이가 짜개질 때까지 돌을 내리친다. 일단 쪼개지면 그 돌덩이들을 골라내 자잘한 쇄석이 될 때까지 내리치는 것이다. 그리고 다시금 큰 돌덩이를 골라잡고 다시 처음부터……. 이들은 그렇듯 점심식사 후 그저 2시간 정도 쉬며 여름날 동틀 때부터 밤까지 15~16시간 일을 한다. 그리고 아침과 정오 두 차례 빵과 물로 원기를 보충한다.

이처럼 탄광과 공장의 노동자들, 그리고 농사꾼들, 돌을 쪼개는 석공들 모두가 청년 시절부터 노년까지 그런 생활을 한다. 이들의 아내와 어머니 또한 온갖 부인병을 얻어가며 힘에 부치는 노동으로 삶을 꾸려나간다. 이들의 아비와 자식들 또한 못 먹고 못 입은 채 아침부터 저녁까지, 청년 시절부터 노년까지 건강을 해치는 무리한 작업을 하며 살아간다.

그런데 그곳의 공장이며, 석공들과 들일을 하는 농사꾼들 곁을 지나 유개마차가 방울소리를 딸랑이며 달려간다. 행낭을 짊어지고 그리스도의 이름으로 연명하며 이곳에서 저곳으로 타박타박 걸어가는 누더기 차림의 남정네와 아낙들이 마차와 마주쳤다가 뒤쳐져 걷기도 한다. 털색이 같은 덩치 큰 네 마리 구렁말이 마차를 끌고 있는데, 개중 가장 부실한 말도 이 사두마차를 구경하는 농부들의 전체 농가 가격에 맞먹는다. 이 마차 안에는 두 명의 귀부인이 화사한 색깔의 양산, 리본과 깃털이 달린 모자를 빛내며 앉아있다. 이것들 각각은 농사꾼이 밭을 경작하는 데 쓰는 말보다 더 값이 나간다. 앞좌석에는 햇살에 금줄과 단추를 반짝이며 갓 빨아 깃을 세운 제복을 입은 장교, 그리고 마부석에는 푸른 실크 셔츠와 벨벳 반외투를 입은 육중한 마부가 앉아있다. 마부는 하마터면 순례하는 아낙들을 치어 죽일 뻔했고, 광물이 묻어 더러워진 셔츠바람으로 빈 달구지를 타고 들썩이며 길을 지나던 사내를 도랑으로 쳐낼 뻔했다.

"이런, 이거 안 보이나?" 마부가 굼뜨게 길을 비킨 사내 쪽으로 채찍을 내보이며 말하자, 사내는 한 손으로 고삐를 조이며 겁에 질려 다른 손으로 이가 득실대는 머리에서 모자를 벗는다.

마차 뒤로 햇빛에 니켈 부속품이 반짝이는 자전거를 탄 두 사람이 소리 없이 내달리고, 자전거를 탄 처자는 성호를 그으며 순례하는 아낙들을 앞지르기로 놀라게 하며 신나서 웃음을 터트린다.

큰길가 한쪽으로는 남녀 두 승마자가 각각 영국산 수말과 측대보로 뛰는 말을 달린다. 말이나 안장 가격은 차치하더라도 검보라빛 모자 하나만 해도 석공들의 두 달 치 임금에 맞먹고, 최신 유행의 영국산 회초리는 탄광에 고용된 것으로 만족해하는 청년이 지하에서 작업해서 일주일 분으로 받을만한 돈이 지불된 것이다. 그런 청년이 말들과 승마자들의 매끈한 외형과 혀를 빼물고 그 뒤를 달려가는 값비싼 목줄이 걸린 외국산의 살찌고 커다란 개를 홀린 듯 바라보며 길을 피한다.

이 일행들 뒤쪽 멀지 않은 곳에서 오는 짐마차에서는 맵시 있는 하얀 앞치마 차림의 곱슬머리 처자가 미소 짓고, 구레나룻을 가지런히 빗은 붉은 얼굴의 뚱뚱한 사내가 퀼런을 입에

문 채 처자에게 무언가를 쑥덕거리고 있다. 짐마차에는 사모바르와 냅킨 묶음, 아이스크림 제조기도 보인다.

이들은 유개마차며 말과 자전거를 타고 가는 사람들의 하인이다. 오늘은 그들에게 어떤 특별한 날이 아니다. 그들은 온 여름 그렇게 지내며 거의 매일 산책을 나서는데, 오늘처럼 이따금은 차와 음료 그리고 과자류를 싸들고 동일한 곳이 아닌 새로운 장소에서 먹고 마시기 위해 나설 때도 있다.

이들 상전은 농촌과 간이 별장에 사는 세 가족이다. 하나는 2천 데샤티나의 땅을 소유한 지주 가족이고, 다른 이들은 3천 루블 봉급을 받는 관리 가족이며, 가장 부유한 세 번째 가족은 공장주의 자식이다.

그들은 너 나 할 것 없이 저희를 둘러싼 온갖 빈곤과 노역장의 모습에 조금도 놀라지 않고 동요하지도 않는다. 그들은 모든 게 타당하고 당연하다고 여긴다. 그들의 관심사는 전혀 다른 일이다.

말을 타고 가던 부인이 개를 돌아보며 말한다. "아니요, 이건 안돼요. 이대로 두고 볼 수는 없어요!" 부인이 유개마차를 불러 세운다. 모두 다 프랑스어로 말하며 웃음을 나누고 개를 마차에 태우더니 석회 먼지 구름을 일으켜 석공들과 길을 가는 행인들을 덮으며 저 멀리 달려간다.

유개마차며 승마자들, 자전거를 탄 사람들이 다른 세계에서 온 존재들 마냥 퍼뜩 사라진다. 그러면 공장 노동자들, 석공들, 농사꾼들은 그들의 인생과 더불어 끝이 날 버겁고 단조로운 남의 일을 계속한다.

"사람들이 저렇게도 사는구먼!" 지나가는 이들을 눈으로 배웅하며 그들은 생각한다. 그러면 그들에게는 고통스런 생존이 더욱 고통스럽게 여겨진다.

2

대체 이게 무슨 상황인가? 그런 노동하는 사람들이 어떤 아주 범죄적인 일이라도 저질러서, 그것 때문에 저토록 모진 벌을 받는 거란 말인가? 아니면 모든 사람들의 숙명이 이런 것인가? 그러면 유개마차와 자전거를 타고 간 사람들은 아주 유익하고 중대한 어떤 일을 한 적이 있거나 행하고 있어서, 그것으로 저런 포상을 받은 거란 말인가? 결코 아니다! 거꾸로 너무나 절박하게 일하는 이들은 대부분 도덕적이고 자제하며 겸손하고 근면하다. 저 들판을 스쳐간 그런 자들 대부분은 방탕하고 음탕하며 뻔뻔한 게으름뱅이들이다. 상황이 이렇게 된 이유는 오직 그런 삶의 구조가 세계에서 자연스럽고 올바르다고 간주되기 때문이다. 이 세계의 사람들은 이웃을 사랑하라는 그리스도의 율법을 신앙으로 갖고 있거나 자기들이 문화적인, 즉 완성된 사람들이라고 스스로 확신한다.

그런 삶의 구조는 내가 자주 봐서 생생하게 떠오르는 툴라주 같은 후미진 곳에만 존재하는 것이 아니다. 페테르부르크에서

바투미에 이르기까지의 러시아는 물론, 파리에서 오베르뉴에 이르기까지의 프랑스, 로마에서 팔레르모에 이르기까지의 이탈리아, 독일, 스페인, 미국, 오스트레일리아, 심지어 인도와 중국에도 존재한다. 어디서나 천 명당 두세 명은 손가락 하나 까딱하지 않으면서 수백 명이 먹을 일 년치를 단 하루에 먹고 마시는 방식으로 산다. 그들은 수천의 값나가는 옷을 입으며, 일하는 사람들 수천 명을 수용할 수 있는 궁전에서 살고, 자신의 괴벽 충족에 수천, 수백만의 노동일을 소비한다. 반면에 어떤 이들은 잠 부족에다 영양부족 상태로 육체적, 정신적 건강을 해쳐가며 선택된 자들을 위한 일을 지속한다.

어떤 이들은 해산 준비를 갓 시작하면서 조산원과 의사, 때로 산모 한 명에 두 명의 의사를 부르고, 백 벌의 배냇저고리와 실크 리본이 달린 기저귀 같은 아기용품을 준비하고, 용수철이 달려 흔들리는 요람들을 갖춰놓는다. 그러나 다른 사람들 대부분은 닿는 대로 어디서든 도움도 받지 못하고 아기를 낳고 누더기에 감싸서 피나무껍질 요람에 짚을 깔고 눕혔다가 아기가 죽어갈 때면 기뻐한다.

어머니가 아흐레 누워있는 동안 어느 집 아기들은 할머니, 보모, 유모가 돌보고, 다른 집 아기들은 돌볼 사람이 없어서 내팽개쳐진다. 어머니가 해산 바로 직후에 페치카에 불 때고 소젖 짜고, 이따금 저와 남편의 옷도 빨아야 하기 때문이다. 어떤 집 아기들은 장난감을 갖고 놀며 타이름을 받고 자라지만, 다른 집 아기들은 애초에 벌거숭이 배를 대고 문지방을 기어 넘다가 불구가 되기도 하고, 돼지에게 먹히기도 한다. 그러다가 다섯 살부터는 강요된 일을 시작한다. 어떤 집 아이들은 아이의 나이에 적합한 과학적인 지혜를 죄다 배우고, 다른 집 아이들은 쌍욕 섞인 말과 야만적인 미신을 배운다. 어떤 집 아이들은 사랑에 빠지고 여러 로맨스를 만들다가 사랑의 만족을 다 체험하고 결혼한다. 다른 집 아이들은 열여섯에서 스무 살 사이 일에 도움이 되고 부모가 필요로 하는 사람과 결혼하거나 그런 이에게 시집간다. 어떤 집 자식들은 세상에 있는 최고의 비싼 음식을 먹고 마시며, 저희들 개한테 고급 빵과 소고기를 먹인다. 반면 다른 집 자식들은 빵과 크바스만 먹는데, 그것도 맘껏 먹지는 못하며 부드럽지가 않아서 과하게 먹지도 못한다. 한쪽 집에선 아무런 궂은일도 않으면서 매일 보드라운 내복을 갈아입고, 다른 집에선 상시적으로 남의 일을 하면서도 여기저기 찢겨 이가 득실거리는 거친 내복을 2주에 한 번 갈아입지만 그것도 아예 바뀌는 게 아니라 너덜거릴 때까지 입는다. 한쪽 집에선 다들 깨끗한 시트를 깔고 깃털 이불에서 자는데, 다른 집에선 너덜해진 카프탄을 깔고 땅바닥 위에서 잔다.

어떤 이들은 배불리 잘 먹인 말을 타고 일없이 들놀이를 다니는데, 또 다른 이들은 굶주린 말을 부리며 고통스레 일을 하고 일을 보러 갈 때도 걸어 다닌다. 어떤 이들이 한가한 시간을 보내며 할 만한 일을 궁리할 때, 다른 어떤 이는 먼지투성이로 있으면서 씻지도 못하고 쉴 시간, 즉 한마디 건네거나 육친을 볼 시간도 내지 못한다. 어떤 사람들은 4개 국어로 글을 읽고 매일 갖가지 유흥을 즐기는데, 다른 사람들은 글을 알지도 못하고 폭음 말고는 다른 여흥거리를 알지도 못한다. 한쪽 사람들은 다 알면서도 아무것도 믿지를 않는데, 다른 이들은 아무것도 몰라 저희에게 하는 온갖 허튼소리를 다 믿어버린다. 누구는 병이 들면 온갖 광천수 휴양지며, 갖가지 간병, 청결과 약제에 대해서는 말할 것도 없이 건강에 좋은 최상의 공기를 찾느라 여기저기 먼 곳을 옮겨 다닌다. 반면 다른 사람들은 굴뚝이 없어 연기가 차는 농가의 페치카 위에 잠자리를 마련하고 지저분한 상처들을 달고 살건만 마른 빵 말고는 아무런 먹을 것도 없다. 이곳에는 열 명의 식구와 송아지, 암양까지 한 공간에 지냄으로써 오염된 공기 말고는 신선한 공기조차 없어서 산송장처럼 썩다가 제명대로 못살고 일찍 죽는다.

과연 이래도 되는가?

만약 세계를 지도하는 최고 이성과 사랑이 있다면, 다시 말해 하느님이 존재한다면, 하느님이 사람들 사이의 이런 간극을 바라실 수는 없다. 한편에서는 사람들이 잉여 자산을 어떻게 써야 하는지 몰라서 다른 사람들의 노동의 산물을 생각 없이 낭비하고, 그러는 동안 다른 이들은 초췌하게 골병들어 제명을 못 살고 죽어가거나 힘겨운 노동으로 고통스런 삶을 이어간다.

만약 하느님이 존재한다면, 이런 상태는 있을 수도, 있어서도 안 된다. 혹여 하느님이 없다고 해도, 그런 생활상은 소박한 인간적인 관점에서도 합당치 않다. 이런 상태에서라면 사람들 다수는 소수의 사람이 잉여를 이용할 수 있도록 응당 제 인생을 망쳐야 한다. 그런데 잉여는 소수를 난처하게 하고 타락시킬 뿐이다. 이처럼 그런 생활상이 사리에 맞지 않은 이유는 그것이 누구에게도 이롭지 않기 때문이다.

3

그렇다면 대체 무엇 때문에 사람들은 이렇게 사는가?

자신의 부에 익숙해져서 부가 행복을 가져다주지 않는다는 사실을 분명히 알지 못하는 부자들이 자기 지위를 지키고자 애를 쓰는 것은 납득할 법하다. 그런데 거대 다수는 온갖 권한이 저희 손안에 있는데도 어째서 부 속에 행복이 있다고 여기고 궁핍하게 살면서 소수에게 종속되는가?

사실상 거대 다수의 사람들, 즉 근육질에다 기능을 갖춰 힘 있고 노동에 익숙한 저 사람들이 어째서 한 줌의 허약한 사람들, 즉 대개는 무슨 능력도 없고 나약하기만 한 노인들과 주로는 여자들에게 종속되어 복종하는가?

축제일을 앞두고 또는 저렴한 제품을 팔 때 상가들을, 모스크바의 상가들이라도 돌아보자. 화려한 점포들이 빼곡히 들어찬 열 두엇의 상가는 모두 온갖 값비싼 물건들도 채워져 있는데, 그것들은 직물, 원피스, 레이스, 보석, 신발, 방 안 장식품, 모피 등 특히나 여성용 물건들이다. 수백만을 호가하는 이 모든 물건들은 여러 공장에서 이런 작업을 하느라 자기 인생을 망친 노동자들에 의해 만들어졌는데, 이 물건들은 노동자들뿐만 아니라 부유한 남자들에게도 하등의 쓸모가 없다. 이것들은 모두 여자들의 오락거리나 장식품이다. 이런 상가 입구에는 양쪽으로 금줄을 단 문지기들이 서 있고, 값비싼 옷을 차려입은 마부들이 거액의 준마를 맨 값비싼 마차의 마부석에 앉아있다. 모든 사치품 마구를 생산하는 데에도 수백만 노동일이 투입된다. 늙은이, 젊은이, 남자, 여자 할 것 없이 노동자들은 이런 물건들을 생산하는 데 인생 전부를 바치는 것이다. 이런 물건들은 죄다 최신 유행하는 모피 외투에다 모자를 쓰고 가게를 돌아다니며 오직 그들을 위해서 마련된 이런 물건들을 구매하는 몇 백 명의 여자들 수중에 들어간다.

이 수백 명의 여자들이 자기 가족을 먹여 살리기 위해 일하는 수백만 노동자들의 노동을 좌지우지한다. 수백만의 사람들의 인생과 운명이 이 여자들의 자의에 달려있는 것이다.

어떻게 이런 일이 벌어졌는가?

무엇을 위해서 이런 물건들을 만드는 수백만의 억센 사람들이 여자들에게 예속되는 것인가?

저기 벨벳 모피 외투를 입고 최신 유행의 모자를 쓴 귀부인이 준마 한 쌍이 끄는 썰매를 타고 온다. 그녀가 걸친 모든 것은 신상품에 최고가의 것이다. 문지기가 달려와 그녀가 타고 온 썰매에서 무릎 덮개를 벗기고 정중하게 팔꿈치를 받쳐서 그녀를 내려준다. 그녀는 마치 자기 왕국이라도 되는 듯 상가로 가서 어느 점포에 들러서 거실용으로 5천 루블어치 직물을 사서는 이 물건을 자기 집으로 배달하라고 지시하고 다른 데로 간다. 이 여인은 사납고 어리석은 데다가 밉상이며 아이를 낳지도 않고, 평생 남을 위해 한 일이라곤 아무것도 없는 사람이다. 문지기나 마부, 판매원은 어째서 그녀 앞에서 비굴하게 알랑거리는가? 수천의 노동자들의 노동이 투여된 모든 물건은 어째서 그녀 소유가 되는 것인가? 왜냐하면 그녀에게 돈이 있기 때문이다. 그런데 문지기에게도, 마부에게도, 판매원에게도, 공장의 노동자들에게도 가족을 부양하려면 돈이 필수적이다. 그들에게 돈은 무엇보다도 편리한 것인데, 그것은 이따금 마부, 문지기, 판매원, 공장 노동자 노릇을 해야만 구할 수가 있다.

그런데 어째서 돈이 이 여자한테 있는가? 그 이유는 [농사짓던] 땅에서 내쫓겨 공장에서의 직물 기계 방직 말고는 다른 일을 하는 법을 다 잊어버린 사람들이 그녀의 남편 공장에서의 노동으로 살아가기 때문이다. 또한 그녀의 남편은 노동자들에게 필수적인 생계유지 비용만을 지불하고, 몇 십만이나 되는 공장의 모든 이윤은 자신이 챙기는데 그것을 어디다 사용해야 할지 몰라 아내더러 마음 내키는 대로 쓰라고 그 돈을 흔쾌히 내주었기 때문이다.

게다가 보다 더 사치스레 차려입고 그러한 마차를 타고 다니는 귀부인은 갖가지 값비싸고 불필요한 물건들을 다양한 가게에서 구매한다. 이 부인의 돈은 어디서 생긴 걸까? 이 부인은 갑부의 정부인데, 이 토지 소유자인 갑부가 소유한 2만 데샤티나의 땅은 방탕한 황후가 늙은 자신과 음탕한 짓을 한 대가로 그의 선조에게 하사한 것이다. 이 토지 소유자는 마을 농민들 주위의 땅을 모두 소유하고 있고, 이 땅을 1데샤티나에 17루블씩 쳐서 농민들에게 대여한다. 농민들은 땅이 없으면 굶어 죽을지도 모르기 때문에 돈을 지불하는 것이다. 그 돈이 이제는 갑부의 정부 손에 들어와 있고, 그 돈으로 이 부인은 다른 사람들, 즉 일구던 땅에서 쫓겨난 농민들이 만든 물건들을 구매한다.

세 번째로 부유한 처자가 어머니 그리고 약혼자와 함께 상가를 돌아다닌다. 이 처자는 시집을 가는데, 청동 세공품과 고가의 그릇을 구매한다. 이 처자의 돈은 1만2천 루블의 봉급을 받는 고위관료인 아버지의 것이다. 그는 7천 루블을 딸에게 지참금으로 줬다. 그 돈은 국내외의 각종 조세로, 농민들에게서 거둬들인 것이다. 바로 이러한 각종 조세로 인해서, 문 여는 일을 하는 문지기(그는 칼루가주의 농민이고, 그의 촌집에는 아내와 자식들이 남아있다), 귀부인들을 태워간 마차꾼(그는 툴라주의 농부이다)을 비롯해서 하인으로 또는 공장에서 일하는 수백, 수천, 수백만의 인민이 집을 버리고 나와 귀부인들의 소비에 필요한 작업을 하게 된 것이다. 또한 이 귀부인들은 공장주들, 토지 소유자들, 관료들이 여러 공장의 이윤, 또는 토지, 또는 조세로 거둬들인 돈을 받아 쓴다.

그렇듯 수백만 노동자들이 그런 여자들에게 예속된 이유는, 여럿이 일하는 공장은 어떤 한 사람이 차지하고 토지는 다른 어떤 이가 독차지하며, 일하는 인민에게서 거두는 각종 세금은 또 다른 어떤 이가 독차지하기 때문이다. 이로 인해 내가 주물 공장 근처에서 본 일들이 벌어진 것이기도 하다.

농부들이 남의 밭을 경작하는 이유는 갖고 있는 토지가 부족한 데다 토지를 소유한 자가 농부들이 그를 위해 일하는 조건에서만 토지를 이용할 수 있게 허락하기 때문이다. 석공들이 돌을 깨는 이유는 이 작업을 해야만 그들에게 청구된 조세를 지불할 수 있기 때문이다. 사람들이 공장과 광산에서 일하는 이유는 그들이 무쇠를 캐는 땅과 그것을 주조하는 공장이 그들 소유가 아니기 때문이다.

이 모든 노동자들은 부자들이 땅을 차지해서 세금을 거두고 공장을 소유하기 때문에 자기 일도 아닌 중노동을 하는 것이다.

4

어째서 일하는 자가 아니라, 일하지 않는 자가 땅을 소유하는가? 어째서 모두에게서 거둬들인 조세는 그것을 지불한 인민들이 아닌, 소수의 사람들이 활용하는가? 어째서 공장들은 공장을 건설하고 거기서 일하는 사람들이 아니라, 공장을 건설하지도, 거기서 일하지도 않는 소수의 사람들이 소유하는가?

어째서 일하지 않는 사람들이 노동하는 인민들 땅을 차지했는가? 이 질문에 대한 일상적인 답변은, 토지는 공적을 세워서 하사받은 것이거나 벌어들인 돈으로 구매한 것이기 때문에 그렇다는 것이다. 어째서 소수의 어떤 사람들, 즉 일하지 않는 통치자들과 그 조력자들이 모든 노동자들의 재산의 큰 몫을 거둬들여 그것을 제멋대로 사용하는가? 이 물음에 대한 일상적인 답변은, 국민에게서 거둔 돈을 사용하는 사람들이 다른 이들을 통치하며 그들을 보호하고 서로 간의 질서와 정비체계를 유지시키기 때문이라는 것이다. 어째서 노동하지 않는 부자들이 노동자들의 노동 생산물과 도구를 소유하고 있는가에 대해서는, 노동 생산물과 도구는 부자들과 그들의 조상이 벌어들인 것이라고 보통 답변한다. 토지 소유자들과 마찬가지로 공무원들, 상인들, 공장주들 모두가 그런 것들의 소유는 완전히 공정한 것이며, 그들은 그러한 소유권을 갖는다는 사실을 믿어 의심치 않는다.

그러나 일하지 않는 자들의 토지 소유, 각종 조세 징수와 조세 사용, 노동 생산물과 도구의 점유는 어떤 정당성도 갖고 있지 않다. 일하지 않는 자들의 토지 소유가 정당성을 갖지 못하는 이유는 땅은 물, 공기, 햇빛과 마찬가지로 각자의 필수적인 삶의 조건을 이루는 것이어서 어느 한 사람의 독점적인 소유물이 될 수 없기 때문이다. 물, 공기, 햇빛을 제외하고 땅만 소유의 대상이 되었는바, 그것은 땅이 그토록 필수적이어서 누구에 의해서도 점유될 수 없는 각자의 생존 조건이 아니라서 그런 일이 벌어진 것은 아니다. 그 이유는 오직 물과 공기와 태양은 다른 사람에게서 빼앗을 수 없었지만, 토지 사용권의 박탈은 가능했기 때문이다.

토지 소유제는 애초 폭력(정복으로 땅을 가로챈 뒤 땅을 분배하고 매매하는 행위)으로 인해 발생한 것처럼, 땅을 권리로 전환하려는 온갖 노력에도 불구하고 약자와 비무장한 자들에 대한 강자와 무장한 자의 폭력에 의해 유지되고 있다.

행여 땅을 일구는 자가 이 가상의 **권리**를 깨트리고, 타인의 재산으로 간주되는 땅을 경작하기 시작한다고 치자. 그 즉시 이 허구적 권리의 근거가 되는 것이 처음에는 경찰의 형태로, 그 후에는 군사력의 형태로 등장한다. 군사력의 형태로 등장한 병사들이 땅에서의 노동으로 생계를 유지할 자신들의 실질적인 권리를 행사하려 하는 자들을 찌르고 총을 쏠 것이다. 따라서 토지 소유권이라고 이름 붙여진 것은 토지를 필요로 하는 모든 인민에게 가해지는 폭력에 불과하다. 토지에 대한 권리는 강도들이 강점하고서 몸값 없이는 사람들을 통과시키지 않는 어떤 길에 대한 권리와 유사한 것이다.

정부의 폭력적인 조세징수권은 그와 유사한 정당화를 찾기가 더욱더 어렵다. 각종 조세는 외적들로부터 국가를 방어하고, 국내 질서 수립과 유지 및 국민에게 필요한 공공사업을 꾸려나가는 데 사용된다는 견해가 확립되어 있다.

그러나 첫 번째, 외적들은 이미 오래전부터 존재하지 않는다. 이는 심지어 각국 정부들의 선언만 보아도 알 수 있다. 각국 정부들은 오직 평화만을 바란다고 국민들을 확신시킨다. 독일 황제는 평화를 바라고, 프랑스 공화국도 평화를 바란다. 영국도 평화를 바라며, 러시아 역시 같은 것을 바란다. 더 나아가 트란스발 사람들과 중국 사람들도 같은 것을 바란다. 그렇다면 누구로부터 방어한다는 것인가?

둘째로, 국내 질서와 공공사업을 정비하는 데 돈을 제공하려면, 질서를 조직하는 사람들이 질서를 정립해낼 것이고, 그 질서가 훌륭해야 하는 것 외에도 조직되는 공공사업이 실제로 사회에 필요한 것이라는 신뢰가 있어야 한다. 어디서나 항상 반복되듯, 조세 납부자들이 질서를 잡아가는 사람들의 실무 능력과 정직성을 신뢰하지 못하고 그 질서 자체를 나쁜 것으로 여기며, 공공사업을 꾸리는 사람들이 조세 납세자들에게 필요한 사람이 아니라면, 조세를 거둘 어떠한 권리도 부정되므로 그저 폭력만 존재한다는 사실은 명백하다.

종교적이며 실로 자유롭게 사유하는 어떤 러시아 농부의 지혜로운 말을 기억한다. 그는 [헨리 데이비드] 소로처럼 자기 양심으로 승인할 수 없는 사업에 쓰이는 조세 거부를 정의롭게 여겼다. 조세 납부 청구서를 들고 징세원이 오자, 그는 자신이 납부하는 조세가 어디에 쓰이는지를 물었다. 그리고 그는 만약 조세가 선량한 일에 쓰인다면 청구된 것만 아니라 더 많은 조세를 당장 내겠으나, 조세가 나쁜 일에 쓰인다면 낼 수 없고 자발적으로는 한 푼도 내지 않겠다고 덧붙였다.

물론, 징세원은 그와 이야기를 하려 하지 않고 잠겨있는 대문을 부수고 들어가 암소를 끌고 가서 조세 대신 팔아치웠다. 따라서 본질상 조세를 거두는 진정하고 참된 원인은 딱 하나,

즉 조세를 거두는 권력이다. 다시 말해, 조세를 기꺼이 납부하지 않는 사람들을 강탈하고, 납부를 거부하는 경우 이미 행해지고 있듯이 구타하여 감옥에 보내고 처벌할 가능성을 갖고 있다.

영국, 프랑스, 미국 및 대체로 여러 입헌 국가에서 조세가 의회, 즉 국민의 허위 대표자들에 의해 정해지는 것은 사정을 변화시키지 못한다. 왜냐하면 선거제도가 의회 의원들이 국민을 대표하는 것이 아니라 특정 정치꾼들에게 소속되는 것으로 조직되어 있어서, 의원들이 비록 그러지 않는다 해도 의회에 들어가자마자 개인적 야욕과 적대 정당들의 이해관계만을 따지는 정치꾼이 되기 때문이다.

그처럼 다른 사람들의 노동 생산물에 대한 일하지 않는 사람들의 거짓된 소유권의 정당화는 증거가 부족하다.

심지어 성스러운 권리라고 불리는 이러한 소유권은 보통 소유가 절제와 국민들에게 이로운 부지런한 활동의 결과라는 점에서 정당화된다. 그런데 대개의 커다란 재산의 기원을 살펴보기만 해도 반대의 경우가 확실해진다.

재산은 늘 가장 흔한 경우 폭력을 통해, 또는 인색한 짓, 또는 굵직한 사기, 또는 장사꾼들이 행하는 것처럼 만성적인 속임수를 통해 형성된다. 더 도덕적인 사람일수록 그가 소유한 자산을 상실할 가능성이 높고, 더 비도덕적인 사람일수록 재산을 불리고 유지할 가능성이 높아진다. 민간에서는 경건한 노동으로는 석조궁전을 얻지 못하고, 노동으로는 부자가 아닌 꼽추가 되기 십상이라는 지혜의 말이 전해진다. 재산은 옛적에도 그런 것이었지만, 재부의 분배가 이미 오래전에 불공정하게 이뤄진 지금은 더 심각하다. 원시사회에서는 보다 절제하고 근면한 사람이 무절제한 사람이나 거의 일을 하지 않는 사람보다 더 많이 획득하리라 가정할 수 있어도, 우리 사회에서는 그와 유사한 일이 있을 수가 없다. 노동자가 아무리 절제하고 근면해도, 남의 땅에서 일하고 지정된 가격에 필수 물품을 사며 남의 노동 도구로 일하는 한 그는 결코 재부를 획득할 수 없다. 고리대금업, 공장 업무, 유곽, 은행업, 술장사를 하는 부자들이나 정부 당국에 합류한 수천의 사람들에게서 봐왔듯이, 이런 아주 무절제한 무위도식자가 손쉽게 재산을 모을 것이다.

법률은 마치 소유물을 보호하는 듯하지만, 이미 부자들 손안에 있는 약탈된 재산만을 보호하는 게 법률의 핵심이다. 법률은 노동하는 몸뚱이 외에 아무런 재산도 없는 노동자들을 보호하지 않을 뿐만 아니라, 그들의 노동을 약탈하는 데 협조한다.

우리는 차르와 그의 형제 그리고 삼촌, 장관, 재판관, 성직자 등의 숱한 행정가들을 알고 있다. 그들 가운데는 인민에게서 거둔 막대한 급료를 받지만, 이러한 보수의 대가로 착수한 가벼운 임무조차 수행하지 않는 자들이 있다. 그런즉 이런 사람들은 인민에게서 거둬들인 급료, 즉 국민의 재산을 훔치는 것으로 보이지만, 아무도 그들을 심판할 생각조차 하지 않는다.

만일 노동자가 이런 사람들이 받는 돈의 일부나 이 돈으로 사들인 물건을 사용하면, 그는 신성한 소유권을 위반한 자로 간주되어 그가 사용한 푼돈 때문에 심판받고 감옥살이하거나 유형에 처해진다.

백만장자 공장주는 그에게 제공하는 노동의 대가로 자기 자산의 천만분의 일, 즉 아주 하찮은 것만 노동자에게 지불할 의무를 지닌다. 반면 노동자는 가난한 탓에 일 년 내내 휴일을 제외하고 매일 12시간씩 자신의 건강에 해로운 위험한 작업을 강행할 의무를 지닌다. 다시 말해서, 노동자는 공장주에게 인생의 대부분, 어쩌면 모든 인생을 바칠 의무를 지니는 것이다. 정부는 이쪽저쪽의 소유권을 다 동일하게 보호하는 것이다.

공장주는 그럼에도 불구하고 해마다 고의로 노동자 품삯의 상당 부분을 훔쳐서 착복한다. 공장주가 노동자의 소유물 과반을 절취한 것이므로, 응당 책임을 져야 할 것이 뻔해 보인다. 그러나 정부는 그런 방식으로 불린 공장주의 재산은 성스러운 것으로 여기고, 공장주 재산의 백만분의 일인 2파운드의 구리를 슬쩍 옷자락에 넣고 가져간 노동자는 처형한다.

행여 어떤 노동자가 유대인 대량학살 때 터져 나온 것처럼, 그에게서 합법적으로 빼앗아간 것 일부를 부자들에게서 되찾으려 하거나, 얼마 전에 밀라노에서 있었던 일처럼 부자들이 기근을 이용해서 높은 가격에 노동자들에게 판매하는 빵을 어떤 배고픈 자가 집어가려 했다고 치자. 또는 노동자에게서 앗아간 것 일부나마 노동자가 파업을 통해서 되찾으려 했다면, 그는 신성한 소유권을 위반한 것이다. 그리고 정부는 즉각 군대를 동원해 노동자를 처벌하려는 토지 소유자, 공장주, 상인을 원조한다. 따라서 부자들이 토지를 소유하고, 조세를 징수하며, 타인의 노동 생산물을 점유하는 근저에 놓인 권리는 정의와는 아무런 관련도 없다. 셋 다 공히 군대에 의해 파생되는 폭력에 근거해 있는 것이다.

5

노동자가 생계유지에 필요한 땅을 경작하려 한다거나, 그가 직접 혹은 간접적으로 조세 납부를 회피하려 한다거나, 그가 생산한 곡식을 비축하거나 작업에 필수적인 노동 도구를 접수하려 하면, 군대가 동원되어 무력으로 그를 저지한다.

따라서 토지 몰수, 조세 징수, 자본가들의 권력은, 노동자들의 불행한 처지를 야기한 근본 원인이 아니라 그 결과일 뿐이다. 수백만의 노동하는 인민이 소수 사람들의 의지대로 일하며 살아가는 근본 원인은 소수가 땅과 생산도구를 차지하고 조세를 거둔다는 데 있는 것이 아니라, 그들 소수가 **그런 짓을 자행할 수 있다**는 데 있다. 바꿔 말해, 소수의 수중에 있는 군대와 폭력의 상존은 저 소수의 요구를 거역하려는 자들을 죽일 방도가 갖춰진 것에 다름없다.

농민들이 경자유전의 원칙을 어긴 것으로 간주되는 토지를 차지하려 하거나, 어떤 이가 조세 납부를 거부하려 할 때, 동맹파업자들이 그들의 일자리에 다른 노동자들의 투입을 방해할 때면 땅을 빼앗긴 바로 그 농민들과 조세 납부자, 노동자들이 등장한다. 그저 군복을 입고 총을 들었을 뿐인 이들이 군복을 입지 않은 제 형제들을 토지에서 내쫓고, 조세를 지불하게 하고 파업을 멈추게 만드는 것이다.

처음 이 사실을 파악하면, 그 사실이 하도 이상해서 도통 민지를 못한다.

노동자들은 해방을 원하지만, 노동자가 나서서 동료를 복종시키고 예속상태에 머무르게 한다.

무엇 때문에 노동자는 그런 일을 하는가?

왜냐하면 군대에 징병되거나 모병된 노동자들은 의식 마비와 타락이라는 교묘한 경로를 거치는데, 그 과정이 끝나면 그들은 무슨 일이 강요되든지 맹목적으로 상관에게 복종할 수밖에 없기 때문이다.

그 사정은 바로 이러하다. 어떤 소년이 농촌이나 도시에서 태어난다. 모든 [유럽] 대륙의 국가에서는 힘과 재주, 유연성이 최고에 달하고 아직 정신적 힘은 혼란스럽고 모호한 상태(스무 살경)인 나이에 도달하자마자 소년은 징병 영장을 받는다. 그리하여 소년은 농사용 가축처럼 신체검사를 받아 육체적으로 문제없고 힘세기만 하면, 적절성을 따져서 군대의 어느 부대에 편입되며 상부에 예속적으로 복종하겠다는 엄숙한 서약을 강요받는다. 이후에 그는 이전의 모든 생활조건에서 떨어져 나가 보드카 또는 맥주를 받아 마시며 얼룩덜룩한 복장을 하고 똑같은 처지의 다른 청년들과 함께 병영에 처박힌다. 거기서 그는 완전히 무위도식 상태로 (바꿔 말해, 어떤 유용하고 합리적인 작업도 하지 않으며) 너무나 어리석은 병사의 준칙이며 물품 명칭 그리고 군도와 총검, 소총, 대포 같은 살상 도구의 사용법을 훈련받는다. 여기서 핵심은 직속 상관에 대한 맹목적이며 기계적으로 반사하는 복종을 배우는 것이다. 이것은 병역의무가 존재하는 국가 어디서나 일어나는 일이다. 또한 병역의무가 없는 국가라고 다르지 않다. 그런 국가에서 군사 임무를 맡은 자들은 빈둥거리며 정직한 노동을 원하지 않거나 그런 능력이 없는 사람들, 대개 방탕하지만 힘센 사람들을 모든 곳에서 찾아내어 가만히 술을 먹이고 매수하고 군대에 불러들여 마찬가지로 병영에다 가두고 똑같은 기계적인 훈련을 시킨다. 군 책임자들의 주요 과업은 조금만 건드려도 하염없이 다리를 바들바들 떠는 개구리와 같은 상태로 저 사람들을 몰고 가는 것이다. 훌륭한 병사는 이 개구리와 똑같아서 그 어떤 상관의 고함에도 요구받은 동작을 무의식적으로 취한다. 이런 결과의 이유는 다음과 같다. 이런 불행한 사람들은 하나같이 얼룩덜룩한 복장을 한 채로 몇 주일이고, 몇 달이고, 몇 년이고 북과 음악 소리에 맞춰 걸으며 돌아치고 뛰어넘기를 강요받으며, 일사분란하게 구령에 맞춰 단번에 모든 것을 행해야 하는 것이다. 어쩌다 거역이라도 하면 가장 잔인한 처벌을 내리고, 심지어는 사형도 선고한다. 그럼에도 불구하고 술주정, 방탕, 무위도식, 욕설, 살인이 금지되지 않을 뿐만 아니라 권장되기도 한다. 병사들에게 보드카를 내주고, 그들을 위한 유곽을 설치하고, 음탕한 노래를 가르치고 살인 방법을 훈련시킨다(이 집단에서는 살인이 훌륭하고 칭찬받을 만한 사안으로 포장되어, 책임자급 장교들은 특정한 경우 결투라고 불리는 친구 살인을 요구받는다). 온순하고 온화한 젊은이도 일 년 정도 그런 훈련을 받으면(그 이전에는 아직 병사로 준비되지 않은 채, 그에게는 인간적 속성이 남아있었다), 상부에서 원하는 상태, 즉 상관들이 장악한 잔인하고 위력적이며 끔찍한 폭력의 도구가 된다.

겨울날 모스크바에서 [크렘린] 궁전 곁을 지나갈 때마다 나는 젊은 보초병이 부스 곁에 서있는 모습을 보곤 했다. 무거운 털외투를 입은 보초병은 서있거나 날을 세운 총검이 달린 최신 모델 소총을 어깨에 차고 커다란 군화를 보도에 절벅이며 오락가락한다. 그러면 나는 늘 그의 눈을 바라보았고, 그는 매번 나의 시선을 외면하곤 했다. 그때마다 이런 생각을 하게 되었다. 1, 2년 전만 해도 그곳의 보초는 쾌활한 농촌 청년이었다. 그 꾸밈없는 순박한 청년이라면 나와 멋진 러시아어로 쾌활하게 이야기를 나눴을 테고, 농민의 자부심을 발휘해서 온갖 살아온 이야기를 내게 들려줬을 텐데, 지금의 이 보초병은 도끼눈으로 침울하게 나를 바라보고, 물음에 대해서는 그저 이런 대답을 할뿐이다. "예, 그렇습니다." "저로서는 알 수가 없습니다." 매번 그 보초가 서있는 문으로 다가가 그의 소총을 덥석 붙잡아보고 싶었다. 그러면 보초병은 아무런 주저도 없이 총검으로 내 배를 찌르고, 상처 부위에서 총검을 뺀 뒤 그걸 가만히 닦아낼지도 모른다. 그리고는 상등병이 암호와 군호를 그의 귀에 대고 전달하며 교대하러 올 때까지 아스팔트에 군화를 절벅거리며 오갈 것이다. 내 생각에, 그런 사람이 그 하나는 아니다. 소총으로 무장하여 기계로 변화한 그런 젊은이, 거의 아이에 가까운 이들은 모스크바에만도 수천이다. 그런 이들은 전 러시아와 전 세계로 치면 수백만이다. 아직 철이 없지만 힘세다. 민첩한 젊은이들을 징집하고 그들을 방탕하게 만들고 매수해서, 그들 덕분에 세상을 통치하는 자들이 있다. 정말로 끔찍한 일이다. 속임수에 넘어간 이런 사람들 덕택에 무위도식하는 사악한 자들이 세상의 온갖 궁전들과 범죄적으로 획득한 부, 즉 모든 인민의 노동을 영유한다는 사실은 정말로 끔찍하다. 그런데 가장 끔찍한 대목은 그들이 이런 일을 해내는 과정에서 소박하고 선량한 젊은이들을 야수로 만들어야 했고, 부분적으로 그걸 달성했다는 사실이다.

어떻든 부를 가진 자들이 스스로 이들을 보호하면 될 것이다. 그렇게 한다면 그리 혐오스럽지는 않을지도 모른다. 그러나 끔찍한 것은, 인민을 약탈하고 강탈한 것을 지키기 위해 바로 약탈당한 그 인민들을 이용함으로써 그들의 영혼을 망가트렸다는 사실이다.

따라서 노동자 출신의 병사들이 노동하는 제 형제에게 폭력을 휘두르는 이유는, 인민을 무의식적인 살인도구로 만드는 수단이 존재하고, 각국 정부가 병사들을 징집 또는 고용하여 병사들을 이 수단을 이용하는 대상으로 삼기 때문이다.

그런데 상황이 이 지경이라면, 이런 질문이 자연히 따라온다. 대체 어째서 인민은 군대에 가는가? 어째서 아버지들은 자식들을 군대에 내보내는가?

사람들이 군기훈련의 후과를 알기 전에는 군대에 가서 군기훈련을 받을 수 있다. 그러나 그로 인해 무슨 일이 벌어지는지를 체험했는데도, 어째서 그들은 계속해서 이 속임수에 넘어가는가?

그 이유는 사람들이 군복무를 유익할 뿐만 아니라, 의심의 여지없이 존중할 만하고 선량한 일로 여기기 때문이다. 그런데 군복무가 존중할 만하고 선량한 일로 간주되는 이유는 사람들이 어릴 때부터 받아왔으며 성인의 나이에도 끈질기게 유지되는 학습을 통해 그렇게 주입받았기 때문이다.

그런즉 군대의 상존 역시 근본적인 원인이 아닌 그저 결과에 불과하다. 근본적 원인은 인민이 주입받은 가르침에 있다. 사람들은 학습을 통해 살해를 목적으로 하는 군복무가 죄가 되지 않을 뿐만 아니라, 훌륭하며 용감하고 칭찬받을 만한 일이라고 주입받은 것이다. 따라서 인민의 불운한 처지의 원인은 처음 판단되는 것보다 더 깊은 곳에 놓여있다.

애초에 모든 문제는 토지 소유자가 땅을, 자본가들이 노동도구를 점령했으며, 정부가 강압적으로 조세를 거두는 데 있다고 여겨진다. 하지만 자문해보자. 어째서 땅은 부자들에게 속하고, 노동자들은 땅을 사용할 수 없는지, 어째서 노동자들은 자신이 쓸 수도 없는 조세를 응당 납부해야 하는지, 어째서 생산도구는 자본가들이 소유하는지 말이다. 그러면 그 이유가 부자들을 위해 땅을 지켜주고, 부자들을 위해 노동자들에게 조세를 거둬들이며, 공장과 값비싼 기계를 부자들을 위해 지켜주는 군대가 존재하기 때문임을 알 수 있다. 군대의 구성원이며 필수품을 빼앗긴 노동자들이 어떻게 직접 나서서 같은 처지의 사람들, 제 아비들과 형제들을 공격하는지를 자문해보자. 그것은 징집이나 용병으로 소집된 병사들을 여기에 예정된 특별한 방식을 통해 훈련시키기 때문임을 터득하게 될 것이다. 그리하여 그들은 인간적인 면모를 전부 상실하고 상관에게 무의식적으로 복종하는 살인 도구로 변화하는 것이다. 마지막으로, 어째서 인민은 그러한 속임수를 보지 못한 채 계속해서 군대에 입대하거나 병사들을 고용하는 데 쓰는 조세를 납부하는지를 자문해보자. 그 이유는, 군대에 징용되는 사람들만 아니라 모든 인민에게 주입하는 가르침에 있음을 알게 될 것이다. 즉, 군복무가 선량하고 칭찬받을 만한 일이며 전쟁 때의 살해는 죄가 되지 않는 일이라는 가르침 말이다.

그러므로 인민에게 주입하는 가르침이 모든 문제의 근본 원인이다.

가난도, 타락도, 증오도, 사형도, 살해도 여기에 기인한다.

그러면 어떤 가르침이 문제인가?

기독교적 교리로 명명되는 문제의 가르침은 다음과 같다.

6000년 전에 세상과 아담을 창조하신 하느님이 계시다. 아담이 죄를 지었고 하느님은 그 죄로 모든 사람을 벌하셨다. 그 후 아버지처럼 역시 신이신 아들을 지상에 보내셨는데, 지상에서 목매달게 하심이었다. 바로 그 목매닮이 사람들에게는 아담이 지은 죄로 인한 처벌에서 벗어나는 수단 역할을 한다.

이를 믿는 사람은 죄 사함을 받을 것이고, 불신하는 사람은 가혹하게 처벌받을 것이다. 이 모든 것이 진실이라는 증거는, 하느님께서 친히 사람들에게 이 모든 걸 펼쳐 보이신 것이다. 하느님이 존재하신다는 정보는 이런 걸 설교하는 사람들에게서 유래한다. 다양한 신앙에 따르는 기본 교리의 다양한 변화는 차치하고라도, 여러 신앙 속에서 교리의 공통적이고 실천적인 결론은 동일하다. 그것은 바로 사람들은 그들에게 설교하는 것도 응당 믿어야 하며 기존 권력에도 응당 복종해야 한다는 대목이다.

이런 식의 가르침은, 인민이 군복무를 유익하고 선량한 일이라 여겨 군대에 입대하고 거기서 의지 없는 기계로 변화되어 같은 처지의 사람들을 억압하는 결과를 낳는 속임수의 근본 원인을 이루는 것이기도 하다. 기만당한 사람들 가운데 무신론자들이 있다면, 이들 무신론자는 다른 무엇에 대한 믿음도 없는 결과 어떤 준거점도 갖지 못해서 일반적인 흐름에 복종한다. 이것은 신앙인들이 속임수를 알고 있음에도 거기에 복종하는 것과 마찬가지이다.

따라서 인민의 고통의 원인이 되는 죄악을 소멸시키기 위해서는, 토지 해방도, 조세의 폐지도, 생산도구의 공유화도 심지어는 현존 정부의 전복도 아닌, 우리 시대의 인민이 길러지는 토대인 '기독교적'이라고 불리는 거짓된 가르침을 소멸시켜야 한다.

7

복음서를 처음 알게 된 사람들에게는, 하느님과의 자식 관계, 정신적 자유, 인민의 형제애, 온갖 폭력 근절과 적에 대한 사랑을 설교하는 기독교가 어떻게 '기독교적' 가르침이라 불리는 이런 기이한 것으로 변질될 수 있었는지 이상하게 여겨진다. 권력이 복종을 요구할 때조차 '기독교적' 가르침이 권력에 대한 맹목적인 복종과 살해를 설파하는 것이다. 그러나 기독교가 세상에 나와서 안착한 과정을 곰곰이 생각해보면, 일단의 사정을 파악할 수 있다.

이교적 통치자 콘스탄티누스 1세, 카롤루스 대제, 블라디미르 스뱌토슬라비치가 이교적인 형태를 띤 기독교를 수용해서 자기 인민들을 기독교도화 할 때, 그들은 저희가 수용한 가르침이 황제 권력, 군대, 국가 자체를 폐기했다는 생각은 하지도 못했다. 바꿔 말해, 기독교 가르침은 최초로 기독교를 수용하고 도입한 이들이 생활에 필수적이라 여겼던 것들을 다 폐기했다는 사실을 생각조차 못한 것이다. 기독교의 파괴력이 초기에는 사람들 눈에 띄지 않았을 뿐만 아니라, 기독교가 그들의 권력을 지지하는 것처럼 보였다. 그러나 기독교 민족들의 생활이 지속될수록 기독교의 본질이 점점 더 밝혀졌고, 기독교에 내재한 이교적 제도에 있어서의 위험성이 더욱 명확하게 되었다. 이러한 위험성이 명확해지자 지배계급들은 그들이 기독교와 함께 무의식적으로 세상에 들여놓은 불길을 약화시키거나, 가능하다면 꺼버리고자 한층 더 세심한 노력을 퍼부었다. 그들은 이를 위해 온갖 수단을 다 이용했다. 다시 말해, 복음서의 번역과 독해를 금지시키고, 기독교 가르침의 참된 의미를 적시하는 모든 이들을 몰살했으며, 정황의 기념성과 광채를 이용해 대중에게 최면을 건 것이다. 여기서 핵심은 기독교적 입장의 섬세하고 기묘한 해석이다. 이러한 온갖 수단이 이용됨에 따라 기독교는 점점 더 달라져서 급기야는 이교적 제도에 위험한 단초를 내포하지 않을 뿐만 아니라, 거짓 기독교 시점에서 이교적 제도를 정당화하는 가르침으로 변모했다. 그 결과 기독교적 통치자들, 그리스도를 사랑하는 대군, 기독교적 부유함, 기독교 재판소, 기독교적 사형도 등장했다.

지배계급들은 기독교와 관련하여 의사들이 각종 전염병에 대처하는 바로 그 방식을 썼다. 그들은 일단 접종하면 진짜 기독교의 위험성이 제거되는 무해한 기독교 문화를 고안한 것이다. 이러한 교회 기독교는 필연적으로 끔찍한 불합리로 비춰져서 이성적인 사람들을 밀어낸 것, 또는 사람들이 거기에 동화되어 진정한 기독교에서 심히 멀어진 것이다. 후자의 경우, 사람들은 기독교를 통해 그 진정한 의미를 보지 못하고 심지어는 기독교의 진정한 의미를 적대와 분노로 대할 정도가 된다.

바로 이런 식의 기독교가 수세기에 걸쳐 지배계급의 자기보존 감각에 따라 해가 제거되어 인민에게 접종된 것이다. 이와 같은 거짓된 기독교가 가르침을 행하는바, 그 가르침의 결과 사람들은 자기 자신을 비롯한 가까운 사람들에게 해로운 행동뿐만 아니라 양심의 요구에 반하는 부도덕한 행동을 고분고분 완수하게 된다. 그중에서도 실제 결과로 볼 때, 가장 핵심적인 것은 군대 입대, 즉 살인 준비 자세를 갖추는 것이다.

해로움 없는 거짓된 기독교의 해악은 주로 그것이 아무것도 지시하지 않고 아무것도 금지하지 않는다는 데 있다. 모세 율법, 마누 법전 같은 고대의 모든 가르침은 필요로 하거나 금지하는 일정한 행동의 규범을 제공한다. 불교나 마호메트교도 역시 그러하다. 반면에 교회 신앙은 구두의 신앙고백, 교의 승인, 금식, 재계, 기도(부자들이 이를 회피하는 법도 고안되어 있다) 외에는 어떤 규범도 제공하지 않고, 오직 거짓말을 하며 가장 저급의 도덕성 요구를 거스르는 것까지 모든 것을 허용한다. 이런 식의 교회 신앙대로라면 모든 것이 가능하다. 노예 소유도 가능하다(유럽에서도, 미국에서도 교회는 노예제도의 옹호자였다). 억압받는 형제들의 노동으로 획득한 재산을 축적하는 것도 가능하다. 주연을 벌이는 사람들의 식탁 밑을 기어 다니는 [복음서에 등장하는] 라자로들 중에서 부자가 탄생하는 것도 가능하다. 그저 가능한 게 아니라, 훌륭하고 칭찬받을만하다. 부자가 된 자가 재산의 천 분의 일을 교회나 병원에 기부한다면 말이다. 빈민으로부터 자기 재산을 완력으로 지키거나, 독방 감옥에 가두고 족쇄를 채우거나 삼륜차에 비끄러매거나 처형하는 것 모두를 교회는 축복한다. 모든 젊은 시절을 방탕하게 굴다가 방탕한 생활 중에 한 가지를 결혼이라 칭하고 교회의 허가를 받는 것도 가능하다. 이혼하고 다시 결혼하는 것이 가능하다. 중요한 것은 제 자신만이 아니라 자기 사과를 지키려다가 사람을 죽이는 게 가능하고, 처벌 과정에서의 살인이(처벌은 교화를 의미하므로 교화 과정에서의 살인!) 가능하다는 점이다. 그리고 핵심은 전쟁 때 상부의 지시에 따라 살인하는 것이 가능하고 당연하며 칭찬받을 일이라는 것이다. 교회는 이런 일을 허락할 뿐만 아니라 명령한다.

따라서 모든 것의 뿌리는 거짓된 가르침에 있는 것이다.

거짓된 가르침을 제거하면, 군대는 더 이상 존재하지 않을 것이다. 군대가 없어지면, 여러 국가의 인민에게 가해지는 폭력, 억압, 타락도 저절로 사라진다. 인민이 살인까지 포함해 모든 것을 허용하는 거짓된 기독교적 가르침으로 훈육되는 한, 군대는 소수의 수중에 있을 것이다. 이러한 소수가 인민에게서 노동 산물을 빼앗기 위해서, 최악인 것은 인민을 타락시키기 위해서 늘 군대를 이용하리라는 것이다. 인민이 타락하지 않는다면, 소수의 사람이 인민으로부터 노동의 산물을 빼앗을 수 없기 때문이다.

8

인민의 모든 재앙의 뿌리는 기독교를 빙자하여 인민에게 전해지는 거짓된 가르침에 있다.

그러므로 종교적 속임수에서 해방되고 인민을 섬기기를 바라는 각자의 의무는 기만당한 사람들에게 비참한 처지의 원인을 이루는 속임수로부터 벗어나도록 말과 행동으로 도움을 주는 데 있음이 분명한 듯하다. 도덕적인 각자가 거짓을 폭로하고 자신이 아는바 진리를 고백하는 공통 의무 외에도, 인민을 섬기고자 하는 각자는 공감을 바탕으로 제 형제들을 속임수의 온갖 재난을 끼치는 것에서 구하고자 하지 않을 수 없을 것으로 보인다. 그런데 속임수로부터 자유롭고 독립적이며 노동인민의 자산으로 교육을 받았으므로, 이런 이유 하나만으로도 인민을 섬길 의무를 지닌 사람들이 알지 못하는 게 있다.

이런 사람들은 말한다. "종교적 가르침은 중요하지 않다. 이것은 각 개인의 양심의 문제이다. 중차대한 것은 사회의 정치적, 사회적, 경제적 구조이므로, 인민을 섬기고자 하는 사람들은 이것에 총력을 기울여야 한다. 종교적인 가르침은 죄다 각종 미신과 마찬가지로 중요하지 않으며, 때가 되면 저절로 사라진다." 지식인들이 이런 말을 하는 것이다. 인민을 섬기고자 하는 이들 가운데 한편의 사람들은 정부 관련 직무를 맡는다. 즉, 군대에 입대하거나 성직자 또는 의회 의원직을 맡아 인민이 넘어간 상태의 종교적 속임수는 폭로하지 않고, 정부 활동에 직접 참여해서 기만당한 인민의 외적인 생활 형태를 개선시키려고 노력한다. 다른 한편의 혁명가들 또한 마찬가지로 인민의 신앙은 다루지 않고, 각 정부들과 똑같이 속임수와 폭력이라는 수단을 써서 권력을 차지하려 애쓰며 정부와의 투쟁에 돌입한다. 또 한편의 사회주의자들은 인민이 거짓된 가르침에 의해 파생된 미신 혹은 불신의 미혹에 여전히 빠져있을 것임에도 불구하고, 인민의 처지가 향상될 거라고 상정하며 노동자 연맹, 협동조직, 동맹파업을 조직한다. 그러나 이러한 삼자 모두 온갖 폐단의 근거가 되는 거짓 종교의 확산을 막지 못한다. 게다가 이들은 거기서 어떤 필연성에 부닥칠 때, 스스로 거짓이라고 선언한 종교 의식을 수행하기도 한다. 다시 말해, 스스로 나서서 선서를 하고 인민을 혼미하게 만드는 예배와 기념식에 참여하며, 학교에서 인민의 예속상태가 기초해 있는 거짓 자체 이른바, 하느님의 율법을 제 자식과 남의 자식에게 가르치는 걸 막지 않는다. 이런 폐단의 주요 원인이 어디에 있으며, 무엇에 총력을 기울여야 하는지에 대한 지식인들(거짓된 가르침을 누구보다 더 잘 붕괴시킬 만한 능력과 임무를 가진 사람들)의 그와 같은 몰이해와 잘못된 길로의 노력 분산은, 인민에게 유해한 명백하게 잘못된 현존 생활구조가 견고하게 지속되는 주요 원인 가운데 하나를 이룬다. 이미 모두가 이 구조의 파탄과 비운을 의식하고 있는 터인데도 말이다.

현 시대의 요구에 부합하는 진정한 기독교의 가르침이 은폐되고, 그 대신에 거짓된 가르침이 설교되고 있기 때문에 현 세계의 갖은 재앙이 발생하는 것이다.

　다만 하느님과 인민을 섬기려는 사람들이 이해해야 하는 것은, 본능적인 요구가 아닌 정신적인 힘이 인류를 움직인다는 사실이다. 바꿔 말해, 인류를 움직이는 주요한 정신적 힘은 종교라는 것, 즉 삶의 의미를 규정하고 그 의미로 인하여 좋은 것과 나쁜 것, 중요한 것과 대수롭지 않은 것을 구분하는 일이다. 사람들이 이러한 사실을 이해만 한다면, 그들은 현 인류가 겪는 재난의 근본 원인이 외적인 물질적인 것, 즉 정치적, 경제적 조건이 아닌, 기독교의 왜곡에 있다는 사실을 즉각 파악할 수 있을 것이다. 인류에게 필요하고 현 인류의 연령에 부합하는 진리가 이른바 교회 신앙의 무의미하고 부도덕한 부조리와 신성모독의 집합체로 대체되었고, 그러한 과정을 통해 나쁜 것이 좋은 것으로, 대수롭지 않은 것이 중요한 것으로, 거꾸로 좋은 것은 나쁜 것으로 중요한 것은 대수롭지 않은 것으로 간주된다.

　진정으로 인민을 섬기고자 하는 최고의 독립적인 지식인들이 이해만 하면 되는 게 있다. 이는 금요일의 육식은 나쁜 일이지만 죄지은 자를 사형으로 처벌하는 것은 좋은 일이며, 성상 또는 황제에게 타당한 경의를 표하는 것은 중요하지만, 다른 사람들의 의지를 대리 수행하겠다는 선서를 하고 살인 훈련을 받는 것은 대수롭지 않다고 여기는 사람의 처지는 어떤 외적인 방책으로도 개선시킬 수 없다는 사실이다. 어떤 의회 활동이나, 동맹파업, 연맹, 소비자 단체, 생산자 단체, 발명, 학교, 대학, 아카데미도, 어떤 혁명도 거짓된 종교적 세계관을 갖고 있는 사람들에게 아무런 본질적인 이득을 줄 수 없음을 사람들이 이해만 한다면, 최상의 사람들의 총력은 저절로 결과가 아닌 원인을 향하게 될 것이다. 다시 말해, 이들은 국가 활동도, 혁명도, 사회주의도 아닌 거짓된 종교적 가르침의 폭로와 진정한 가르침의 복구에 총력을 기울이게 될 것이다.

사람들이 그렇게만 행동한다면, 모든 게 저절로 해결될 것이다. 정치적인 문제든, 경제적인 문제든, 사회적인 문제든, 우리가 추측하거나 지시하는 대로가 아니라 마땅히 해결되어야 하는 대로 말이다.

이 모든 문제들은 해결된다. 물론 당장도 아니고 우리의 바람대로 해결되는 것도 아니다. 우리는 다른 사람들의 생활이 우리가 원하는 것(온갖 정부들이 행하는 바의 바로 그것)과 외견상 유사하게 되기만을 염려하며, 그들의 생활을 조직하는 데 익숙해져 있다. 그러나 이 문제들은 사람들의 종교적 세계관이 변화되기만 하면, 해결될 것이다. 또한 우리가 어떤 현상의 결과가 아니라 원인 파악에 더욱더 총력을 기울일수록 해결은 더 빨라질 것이다.

거짓된 종교의 폭로와 진정한 종교의 확립은 너무나 동떨어진 더딘 수단이라고들 말을 한다. 그것이 동떨어진 것이든, 더딘 것이든, 유일한 것이든, 적어도 그러지 않고는 다른 어떤 수단도 효력을 발휘할 수 없는 것이다.

이성과 감정에 대립하는 끔찍한 인간 생활상을 들여다보며, 나는 자문한다. 과연 이래도 되는가?

내가 도달하곤 하는 답변은 아니오이다. 이런 상태는 필요치 않다.

이런 상태는 필요치 않다. 이런 상태는 응당 사라져야 하고 있어서도 안 된다.

이런 상태는 사람들이 어떤 방식으로든 서로의 관계를 재정립할 때가 아니라, 그들이 교육받아온 바의 거짓을 더 이상 믿지 않고 1800년 전에 이미 밝혀져서 분명하며 단순하고 이성으로 이해되는 최고의 진리를 믿을 때 사라질 것이다.

1900년 10월 14일
야스나야 폴랴나에서

유일한 수단

그러니 모든 면에서 남에게 대접을 받고자 하는 대로 너희도
남을 대접하라(마태복음, 7:12).

1

전 세계 노동인민은 십 억 천백 만을 훌쩍 넘는다. 전 세계의
모든 빵과 상품들, 즉 사람들이 살아가는 데 필요하고 사람들
이 지닌 부를 이루는 것은 모두 노동인민이 만든다. 그러나 노
동인민이 생산한 모든 것을 이용하는 사람은 이들이 아니라,
정부와 부자들이다. 노동인민은 지속적인 빈곤, 무지, 부자유
속에서 자기들이 입히고 먹으며 편의와 편리를 제공하는 자들

에게 무시 받으며 살아간다.

이들에게서 빼앗아간 땅은 그것을 일구지 않는 자들의 소유로 간주된다. 그러므로 땅에서 일해 생계를 꾸리기 위해서 농부는 토지 소유자가 요구하는 대로 일을 해야만 한다. 농부가 토지에서 떠나 종살이를 하거나 공장과 제작소로 간다고 해도, 그는 부자에게 구속된 상태로 평생을 10~12시간이나 14시간 이상 남을 위한 단조롭고 지루하며 종종 생명에 해로운 작업을 해야만 한다. 만약 그가 농토에 자리를 잡거나 품팔이를 해서 부족함 없이 생계를 잇는다고 해도, 그를 가만히 내버려 두는 건 아니다. 그는 조세 납부 요구를 받고, 그 외에도 3, 4, 5년 동안 군대에 징집되거나 군사업무에 사용될 특별세를 납부해야 한다. 만약 그가 토지 사용료를 물지 않고 토지를 경작한다거나, 동맹파업을 조직하려 하고 그의 일자리를 다른 노동자들이 대체하는 것을 방해하거나 조세 지불을 거부하면, 군대가 파견되어 부상을 입히고 죽을 지경으로 내몰아서 완력으로 예전처럼 일하고 조세를 지불하게 만든다.

이처럼 전 세계의 노동자들은 사람이 아닌 작업용 가축처럼 살아간다. 이들은 가축처럼 박해자들한테 필요한 일에 평생 내몰리는 데도 이들에게는 멈추지 않고 일하는 데 필요한 꼭 그 정도의 음식과 옷과 휴식이 주어진다. 노동인민을 통치하는 소수의 사람은 인민이 생산한 모든 것을 이용하여 무위도식과 무분별한 사치 속에서 사느라 무익하고 부도덕하게 수백만의 노동의 대가를 낭비한다.

전 세계 대다수 사람들이 그렇게들 산다. 유독 러시아에서만이 아니라 프랑스, 독일, 영국, 중국, 인도, 아프리카 등 어디서나 그렇다. 이것은 누구의 죄인가? 어떻게 바로잡을 것인가? 한쪽에서는 땅을 일구지도 않으면서 땅을 소유한 자들의 책임이라면서 노동인민에게 토지를 돌려줘야 한다고 말한다. 다른 한쪽에서는 노동 도구, 즉 제작소와 공장을 소유한 부자들 책임이라면서 제작소와 공장은 노동자들의 소유가 되어야 한다고 말한다. 또 다른 쪽에서는 전체 생활구조가 문제라면서 생활구조를 완전히 변화시켜야 한다고 말한다.

이것이 옳은가?

2

5년 전 니콜라이 2세 대관식 때 모스크바에서는 인민에게 포도주, 맥주와 간식을 선물로 대접한다는 발표가 있었다. 사람들이 음식을 나눠주는 장소로 모여들었고 대혼잡이 벌어졌다. 앞사람들이 뒷사람들 때문에 쓰러지고, 뒷사람들은 그 뒷사람들에게 짓눌리고, 이쪽도 저쪽도 앞에서 무슨 일이 벌어지는지 알지 못한 채 서로를 밀치고 짓눌렀다. 약자들은 강자들에 의해 쓰러졌다. 그 후 강자들도 비좁은 데서 숨이 막혀 헐떡이다가 쓰러졌고, 뒤에서 떠밀려 멈춰 설 수가 없었던 사람들에게 짓밟혔다. 결국 남녀노소 할 것 없이 수천 명이 압사하는

지경에 이르렀다.[24]

사건이 종결되자, 사람들은 누구의 잘못인지 논란을 벌이기 시작했다. 어떤 이들은 경찰의 책임이라고 했고, 다른 이들은 관리자들 책임을 거론했다. 또 다른 이들은 어리석은 축제 놀음을 벌인 차르의 책임이라고 했다. 모두를 나무랄 뿐, 제 탓이라는 이는 없었다. 다른 사람보다 먼저 당밀과자 한 줌, 포도주한 잔 받으려고 앞으로 끼어들어 다른 사람을 살피지도 않고밀치고 짓누른 저 사람들만 잘못했다는 게 분명해 보이는 판국이다.

정녕 똑같은 일이 노동인민에게서 벌어지는 것은 아닌가? 노동자들이 고통 속에 억눌린 채 예속상태에 빠지는 이유는 그들이 보잘것없는 이득에 눈멀어 자신과 자기 형제들의 인생을 망쳐놓기 때문이다. 노동자들은 토지 소유주, 정부, 공장주, 군대에 대해 불평을 한다.

그런데 토지 소유주들이 토지를 이용하고 정부가 조세를 거두고 공장주들이 노동자를 부리며 군대가 동맹파업을 진압하는 건, 다만 노동자들 자신이 토지 소유주며 정부, 공장주들과 군대를 돕는 것만이 아니라, 그들이 불평하는 대상인 일을 다 떠맡기 때문이다. 토지 소유주가 직접 경작하지 않아도 수천 데샤티나의 토지를 이용할 수 있는 것은, 노동자들이 벌이를

---

24   1896년 5월 니콜라이 2세 대관식 무렵 모스크바 북서쪽 호딘카 들판에서 벌어진 비극이 묘사되어 있다.—옮긴이

할 요량으로 토지 소유주 일을 맡아서 파수꾼, 조련사, 마름 역할을 하기 때문이다. 마찬가지로 정부가 노동자들에게서 조세를 거둬들일 수 있는 이유는, 다만 노동자들이 저희에게서 거둔 봉급에 홀려서 조장, 책임자, 징세인, 경관, 세관인, 국경 수비대를 맡기 때문이다. 다시 말해, 노동자들은 저희들의 불평의 대상인 일을 대신함으로써 정부를 돕는 것이다. 또한 노동자들은 공장주들이 노임은 삭감하고, 더 장시간의 작업을 강요하는 데 대해 불만을 토로한다. 그러나 이런 일이 행해지는 이유 또한, 노동자들이 직접 서로의 노임을 낮추는 데다 수납계, 감시자, 경비원, 조장으로 공장주에게 고용되어 조사하고 벌금을 물리는 등 온갖 방면에서 경영주에게 유리하게 자기 형제를 압박하기 때문이다.

끝으로 노동자들은, 만일 그들이 자기 땅이라고 여기는 토지를 소유하려 하고 조세를 납부하지 않거나 동맹파업을 조직하면, 군대가 동원되어 오는 데 대해서도 불만을 토로한다.

그러나 사실상 군대는 병사들과 다름없으며, 병사들은 곧 노동자들이다. 그들 중 누군가는 이득을 얻기 위해, 누군가는 공포 때문에 군대에 입대하고, 양심과 자신이 인정한 신의 율법을 거슬러 상부에서 명령이 떨어지면 다 죽이겠다는 선서를 한다.

따라서 노동자들의 재앙은 그들 스스로 야기한 것이다.

일단 부자들과 정부를 돕는 일만 그만두면, 그들의 모든 재앙은 저절로 소멸한다.

어째서 그들은 스스로를 망치는 일을 계속하는가?

3

내가 대접받고자 하는 대로 남을 대접해야 한다는 하느님의 율법은 2천 년 전에 알려지기 시작했다. 중국의 현자 공자도 **내게 행하기를 원하지 않는 바를 남에게 행하지 말라**고 했다.

이 율법은 단순해서 모두에게 납득이 되며, 사람들이 활용 가능한 최대의 실익을 확실히 제공한다. 그러므로 사람들은 이 율법을 알게 되는 즉시, 가능한 한 몸소 그것을 실행해야 하고, 이 율법을 젊은 세대에게 가르치고 실천하는 습관을 들이는 데 온 힘을 쏟아야 할 것으로 여겨진다.

아마도 이미 오래전에 사람들 모두 응당 그렇게 행동했을 것처럼 여겨진다. 왜냐하면 공자와 유대의 현자 힐렐 그리고 그리스도가 거의 동시에 이 율법을 설파했기 때문이다.

우리 기독교 세계 사람들은 특히 그렇게 행동했을 것처럼 여겨진다. 이들은 이 율법 속에 모든 율법과 선지자, 즉 사람들에게 필요한 모든 가르침이 들어있다고 직접 언급된 복음서를 하느님의 계시라고 인정하는 사람들이다.

거의 2000년이 흘렀는데, 사람들은 이 율법을 실행하지도 자식들에게 가르치지도 않을 뿐만 아니라, 대부분은 그 율법을 알지 못하고 가령 안다고 해도 그것을 불필요하거나 실행할 수 없는 것으로 여긴다.

처음에는 이런 사실이 이상하게 여겨지지만, 이 율법이 열리기 전에는 사람들이 어떻게 살았을까, 얼마나 오랫동안 그렇게 살았을까, 이 율법이 얼마나 인류의 기존 생활과 합치되지 않았을지를 생각해보면, 어쩌다 이 지경인지 이해할 법해진다.

이런 상황은 모두의 실익을 위해 각자 내게 행하기를 원하는 바를 타인에게 행해야 한다는 율법을 사람들이 알지 못하고 있었으므로, 각자 자신의 이득을 위해 타인에 대해 가능한 한 더 큰 권력을 거머쥐고자 애쓴 데서 비롯된 것이다. 그리고 그런 권력을 거머쥔 다음, 각자는 무난하게 권력을 행사하기 위해 그보다 더 힘센 자들에게 순종하고 그들을 도와야 했던 것이다. 다시 이 강자들 쪽에서는 또 그들보다 더 힘센 자들에게 순종하고 그들을 도와야 하는 상황이 연쇄적으로 발생한다.

따라서 남들이 나를 상대하기를 바라는 방식대로 남들을 대하라는 율법을 모르던 여러 집단에서는 늘 소수의 사람이 그 밖의 모든 사람들을 지배한 것이다.

그러므로 이 율법이 사람들에게 개진되었을 때, 지배하던 소수는 이 율법을 수용할 뜻이 없었을 뿐만 아니라, 소수에게 지배당하는 사람들이 그 율법을 파악하고 수용하기를 원치 않았을 것임은 납득이 된다.

지배하는 소수는 지배당하는 모든 자들이 서로를 복종시키기 위해 끊임없이 서로 싸움을 벌이는 토대에서만 저희 권력이 유지된다는 것을 과거에 그랬듯 지금도 너무나 잘 알고 있다. 그런 까닭에 그들은 이 율법을 아랫사람들에게 감추기 위해 그들이 동원할 수 있는 모든 수단을 이용해오고 있다.

이 율법이 너무나 분명하고 단순해서 부정하기가 불가능하기에 그런 방법이 아닌 수백, 수천의 다른 율법을 제시함으로써 감추는 방법을 쓴다. 이때 그들은 나에게 행하기를 바라는 바대로 타인에게 행하라는 율법보다 다른 율법들이 더 중요하고 의무적이라고 내세운다.

이런 자들 중 성직자들은, 타인이 나를 상대하기를 원하는 방식대로 타인을 상대하라는 율법과는 아무런 공통성이 없는 수백 가지 교회의 교리, 예식, 헌금, 기도 등을 설교한다. 또한 이런 것들을, 불이행 시 영원한 파멸을 초래하는 신의 가장 중요한 율법으로 취급한다. 또한 통치자들은 성직자들이 궁리해낸 가르침을 자기화하고 그 가르침을 율법으로 채택하여, 그 기반에서 상호성의 율법에 직접 대립하는 국가적인 법령을 제정하고 처벌 위협을 동원해 모두에게 법령의 이행을 요구한다.

마지막으로 학자들과 부자들은 하느님도 그 어떤 의무적인 율법도 인정하지 않으며, 오직 학문과 학자들이 발견하는 학문의 법칙이 존재한다고 가르친다. 또한 부자들은 모두 잘 되려면 학교, 강좌, 극장, 콘서트, 갤러리, 각종 모임을 통해 학자들과 부자들이 사는 방식의 나른한 생활을 배워야 한다고도 여긴다. 그렇게 되면 노동자들의 고통의 원인이 되는 모든 폐단이 저절로 소멸하리라는 것이다.

이들 삼자는 율법 자체를 부정하진 않지만, 율법과 나란히 온갖 종류의 무수한 신학적, 국가적, 과학적 법칙들을 배치한다. 그럼으로써 그것들 사이에서 모두에게 쉽게 이해되는 단순하고 분명한 신의 율법은 눈에 띄지 않거나 완전히 사라진다.

그 율법을 실행하면 틀림없이 대다수 사람들을 고통에서 구할 수 있는 데도 말이다.

이런 연유에서 과거에도 있었고, 지금도 발생하는 놀라운 일이 있다. 그것은 정부와 부자들에 의해 억압당하는 노동자들이 대를 이어서 자기 인생과 자기 형제들의 인생을 망치는 일을 이어간다는 사실이다. 그들은 자기 처지의 완화를 위해서 기도, 헌금, 국가적 요구의 순종적 실행, 결사, 조합, 집회, 동맹파업, 혁명과 같은 가장 복잡하며 교묘하고 어려운 수단에 매달린다. 문제는 노동자들이 분명히 스스로를 재앙에서 구제할 법한 하느님의 율법의 실행이라는 유일한 수단에는 의지하지 않는다는 것이다.

4

"그런데 정말로 다른 사람들이 우리를 상대하기를 바라는 대로 다른 사람들을 대해야 한다는 그런 단순하고 짧막한 금언 속에 하느님의 모든 율법과 인간 생활의 모든 지침이 들어있단 말인가?" 신학적, 국가적, 학문적 추론의 복잡성과 까다로움에 익숙해진 사람들은 이렇게 말할 것이다.

이런 사람들에게는 하느님의 율법과 인간 생활의 지침이라면, 마땅히 방대하고 복잡한 이론으로 표현되어야 할 것이기에, 저와 같은 간결하고 단순한 금언으로는 의미가 다 표현될 수 없을 것으로 여겨진다.

사실상 타인이 내게 행하기를 바라는 바를 타인에게 행하라는 율법은 아주 간결하고 단순하지만, 바로 그 간결성과 단순성은 이것이 진정하고 의심의 여지없는 영원하고 은혜로운 율법, 온 인류의 천년 생활에서 우러나온 하느님의 율법임을 증명하는 것이기도 하다. 그것은 어느 한 사람, 또는 교회, 국가나 학문이라고 자칭하는 어떤 집단의 생산물이 아니다.

최초 인간의 타락, 그의 속죄, 재림에 대한 신학적, 학문적 추론, 또는 의회, 최고 권력, 처벌 이론, 소유, 가치, 학문 분류와 자연선택 등에 대한 국가적, 학문적 추론은 기발하고 심원하기는 해도, 언제나 소수의 사람들만 접할 수 있을 뿐이다. 남들이 나를 상대하기를 바라는 대로 남들을 상대하라는 율법은 종족, 신앙, 교육, 연령 차이도 상관없이 모두가 쉽게 이해할 수 있다.

거기다 신학적, 국가적, 학문적 추론은 어떤 장소와 시대에는 진리로 여겨지다가도, 다른 장소와 시대에는 거짓으로 여겨진다. 남들이 나를 대접하기를 바라는 대로 남들을 대접하라는 율법은 알려져 있는 곳 어디서라도 하나같이 진리로 취급되고, 일단 그 율법을 파악한 자들에게는 계속해서 진리로 남는다.

여타의 모든 것들과 이 율법의 주요 차이점과 장점은, 신학적, 국가적, 학문적 법칙 모두 사람을 화평하게 하지 않고 어떤 복리도 제공하지 않을 뿐만 아니라, 바로 그것들이 자주 엄청난 적대감과 고통을 양산한다는 데 있다.

내게 행하기를 바라는 바를 남에게 행하라거나, 내게 행하기를 바라지 않는 바를 남에게 행하지 말라는 율법은 합의와 복리만을 산출한다. 따라서 이 율법에서 도출되는 결과물은 무한히 유익하며 다종다기해서, 사람들 서로 간의 있을 법한 모든 관계를 규정하며 어디서든 불화와 싸움을 합의와 상호 섬김으로 대체시킨다. 일단은 사람들이 이 율법을 감춰대는 속임수에서 풀려나 이 율법이 의무사항임을 인정하기만 하면 된다. 더나아가 이 율법을 생활에 적용할 갖은 방법을 강구한다면, 지금은 부재하지만 모두에게 보편적이고 세상에서 가장 중대한 학문이 출현할 법하다. 다시 말해, 이 학문은 그 율법의 기반에서 개인은 물론 사회와 개인들의 각종 충돌이 어떤 방식으로 해결되어야 하는가에 관한 것이다. 지금은 없는 이런 학문의 기초가 놓이고 마련되어, 현재 해로운 미신과 종종 무익하거나 해로운 학문을 배우는 것처럼 어른, 아이 할 것 없이 그것을 배운다면, 지금 대다수가 살아가는 고달픈 생활 조건까지 포함하여 인민의 모든 생활이 변화할 것이다.

5

성경 전승에서는 네게 행하기를 원하지 않는 일을 남에게 행하지 말라는 율법보다 훨씬 이전에 하느님이 다른 율법을 사람들에게 주셨다고 전해진다.

이 율법에는 '죽이지 말라'는 계율이 포함되어 있다. 이 계율은 당시 사람들이 네게 행하길 바라는 바를 남에게 행하라는 후대의 계율과 마찬가지로 의미심장하고 생산적인 것이었다. 그런데 앞선 계율에도 후대의 계율에서와 똑같은 일이 벌어졌다. '죽이지 말라'는 계율은 사람들에게 곧장 배척당한 것은 아니어도, 후대의 상호성의 계율과 마찬가지로 인간 생명의 불가침성에 대한 율법과 동일하다거나 더 중요하다고 승인된 다른 법칙들과 법령들 사이에 묻혀버렸다. 만약 모세가 돌판 형태로 가져왔다고 전해지는 이 계율이 단 하나, 즉 하느님의 단일 율법으로서 '죽이지 말라'라는 오직 두 단어였다면, 사람들은 이 율법의 실천을 그 무엇으로도 대체할 수 없는 의무사항으로 승인했을 것이다. 사람들이 이 율법을 주되고 유일한 하느님의 율법으로 승인하여, 일부에서 안식일 기리기, 성상 참배, 성찬, 돼지고기 금식 따위를 수행하는 만큼만이나마 엄격하게 실천했다면, 인간 생활은 전부 다 변화했을 것이다. 전쟁은 물론 어떤 예속도 불가능했을 터이고, 부자들이 가난한 사람들에게서 땅을 빼앗는 일도, 수많은 이들의 노동 생산물을 점유하는 일도 불가능했을 터이다. 이러한 일들은 살인 가능성 또는 살해 협박의 기반에서만 유지되기 때문이다.

만약 '죽이지 말라'는 율법이 하느님의 유일한 율법으로 승인받았다면 그랬을 터였다. 만약 이 율법과 병행하여 안식일, 하느님 이름 불호명에 대한 계율 따위도 그만큼이나 중요한 것으로 승인되었다면, 매한가지로 중요하게 승인될 성직자들의 새로운 법령들 또한 자연히 발생했을 것이다. '죽이지 말라'는 하느님의 위대하신 율법은 사람들의 생활 전반을 변화시키며 사람들 사이에 파묻혀 지속적인 의무사항이 되지 못했을 뿐만 아니라, 심지어는 그 율법과 정반대로 행동하는 경우들까지 드러났다. 그 결과 이 율법은 지금까지도 그에 합당한 의미를 얻지 못하고 있다.

남들이 나와 상대하기를 바라는 방식대로 남들을 상대하라는 율법과 관련해서도 똑같은 일이 벌어졌다.

인민의 고통을 야기하는 주요 폐단은 진작부터 하느님의 진정한 율법을 이들이 알지 못한다는 데 있지 않다. 그러한 폐단은 모두가 진정한 율법을 알고 실천하는 게 득이 되지 않는 자들이 그 율법을 제거하거나 논박할 능력은 없어도, 이사야가 말했듯 '법령을 위한 법령, 규칙을 위한 규칙'을 고안해내서, 그것들을 하느님의 진정한 율법만큼 혹은 보다 더 의무적인 법령이나 되는 듯 내세운다는 데 있다. 그러므로 인민을 고통에서 구하기 위해 지금 필요한 유일한 방법은 이들이 의무적인 생활 율법 행세를 하는 신학적, 국가적, 학문적 추론에서 해방되도록 하는 것이다. 거기서 해방됨으로써 이들은 하느님의 진정한 율법을 다른 어떤 법령이나 법칙보다 더 의무적인 것으로 자연스레 승인할 것이다. 이미 잘 알려진 하느님의 진정하고 영원한 법칙은 일부만이 아니라, 모든 이들에게 사회생활에서 있을 법한 최상의 복리를 제공한다.

6

일부의 누군가는 이렇게 말할 것이다. "네게 행하기를 바라는 것만을 남에게 행하라는 율법이 그 자체로 아무리 공정하다 해도, 그것 하나만 모든 경우에다 적용할 수는 없다. 이 율법을 어떤 예외도 없이 항상 의무적인 것으로 인정한다면, 어느 누구도 그에게 폭력이 행사되기를 바라지 않기 때문에 사람들은 어떠한 폭력 사용도 허용할 수 없는 것으로 인정해야 할 것이다. 하지만 일부의 사람들에 대한 폭력 없이는 인격이 보장될 수 없고, 소유가 경계 지어질 수 없으며 조국을 방어할 수가 없고 현존질서가 지탱될 수가 없다."

하느님은 사람들에게 말씀하신다. "너희가 모두 어디서나 항상 화목하려거든, 너희에게 행하기를 바라는 바를 남들에게 행하라는 나의 율법을 실천하라."

1901년 영국, 독일, 프랑스, 러시아에서 일정한 질서를 세운 사람들은 이런 말을 한다. "우리들의 복리를 위해 주어진 하느님의 율법 실천을 넘어설 도리는 없다."

사람들이 모여서 작성한 법률은 그게 아무리 이상하고, 비록 나쁜 사람들에 의해 작성되었더라도 우리는 그것을 받아들여서 준수하기를 주저하지 않는다. 그러나 이성과 양심에 합치할 뿐 아니라 우리가 하느님의 계시라고 인정하는 책에 직접 표현된 율법은 실천하기를 꺼린다. 실천했다가 혹여 어떤 나쁜 일이 벌어지지나 않을까? 무질서가 발생하지는 않을까?

이처럼 생각하고 말하는 자들이 언급하는 것이, 질서가 아니라 그들이 사는 배경이 되고 저희에게 이득이 되는 무질서임은 정말로 명백하지 않은가?

그들의 의견대로라면, 질서는 그들이 타인들의 생활을 침해할 수 있는 생활조건이다. 그와 마찬가지로 무질서는 침해당하는 사람들이 더 이상 그들의 생활을 침해하지 못하게 하는 상황이다.

그런 판단들은 지배하는 소수가 내게 행하기를 바라는 바를 타인에게 행하라는 율법을 채택하고 그 율법을 실천하는 상황이 그들 소수의 유리한 사회적 지위를 무너트릴 뿐 아니라, 그들의 부도덕성과 잔인성을 송두리째 드러낸다는 점을 대개는 무의식적으로 감지하고 있음을 보여줄 뿐이다. 이들은 달리 판단을 내릴 수가 없다.

땅에서 쫓겨나 조세 압박을 받으며 징역살이 같은 공장 노동에 혹사당하는 노동자들, 자기 자신과 제 형제들을 괴롭히는 병사, 즉 노예로 개조된 노동자들이 이제는 하느님의 율법에 대한 믿음만이 아닌 그것의 실천이 그들을 고통에서 구제한다는 걸 이해할 때가 되었다.

이 율법의 불이행과 이로 인해 점점 더 확대되는 재난 자체가 그들을 실천으로 떠밀고 있다. 노동자들이 저희들의 구원은 모름지기 상호성 율법의 실천을 시작하는 데 있다는 사실을 자각할 때가 되었다. 율법을 실천하는 것만으로도 그들의 처지는 즉각 개선될 것이며, 저희를 대접하기를 바라는 방식대로 남들을 대접하는 사람들의 수가 늘어나는 만큼 그들의 처지가 개선될 것이다.

이는 종교, 국가, 사회주의, 학문 이론과 같은 언급이나 추상적 판단이 아니라, 실제적인 해방의 수단이다.

신학적, 국가적, 학문적인 판단이나 언질들은 노동자들에게 복리를 약속한다. 그 하나는 저세상에서의 복리이고, 다른 하나는 현재 생활 속에서 고통받는 사람들의 뼈조차 썩어들 먼 미래의 복리이다. 내게 행하기를 원하는 바를 남들에게 행하라는 율법의 실천은 노동자들의 처지를 틀림없이 즉각 향상시키는 것이다.

노동자들 모두가 자본가의 토지와 공장에서 작업함으로써 자본가에게 저희 형제들의 노동의 산물을 이용할 가능성을 부여하고 그런 작업으로 상호성의 율법을 깨트린다는 사실을 알지 못하거나, 또는 그 사실을 알기는 해도 가난으로 인해 그런 작업을 거부할 힘이 없을 수는 있다. 아무튼 비록 일부에 불과해도 그런 작업을 자제한다면 자본가들을 곤란하게 만들어 노동자들의 공통 처지를 즉각 향상시킬지도 모른다. 상호성의 율법을 직접적으로 거스르는 감시자, 마름, 조세징수자, 세관인 등의 임무로 자본가들과 정부의 활동에 직접적인 참여를 자제하기만 해도, 노동자들의 처지는 더욱 향상될지도 모른다. 심지어 그런 활동을 자제할 힘을 모두가 갖고 있는 것은 아니라 해도 말이다. 상호성의 율법에 대립되는 행위, 즉 살인을 목적으로 삼으며 최근 들어 더더욱 극심하게 노동자들의 처지에 역행하는 군복무에 대한 거부 역시 노동자들의 온갖 처지를 보다 나은 방향으로 아예 변화시킬 것이다.

7

하느님의 율법은, 신관들이 믿으라는 것처럼 하느님이 기적적인 방식으로 말씀하신 것이기 때문이 아니라, 그것이 사람들이 가야 할 길을 적확하고 분명하게 가리켜주기 때문에 하느님의 율법이다. 그 길을 갈 때 사람들은 틀림없이 스스로 겪는 고통에서 벗어날 수 있으며, 최상의 내적, 정신적이며, 외적, 육체적인 안정을 얻을 수 있는 것이다. 그것은 선택받은 어떤 사람들만 얻는 게 아니라, 아무런 예외도 없이 모든 사람들이 얻는 것이다.

바로 그런 것이 나를 대하기를 바라는 대로 타인을 대하라는 하느님의 율법이다. 이 율법은 사람들이 이를 실행하면 하느님의 의지와 조화된 의식의 내적이고 정신적인 안정 및 자기 자신과 타인들의 내적인 사랑의 확장과 더불어 사회생활 속에서 접근 가능한 가장 확고한 실익을 얻는다. 그러나 거기서 물러서면 사람들은 틀림없이 자신의 처지를 악화시킬 것이다.

사실상 사람들 간의 투쟁에 참여하지 않지만 외부에서 생활을 관찰하는 사람들에게는 서로 투쟁하는 사람들이 마치 도박꾼들처럼 행동한다는 사실이 명확히 보인다. 도박꾼들은 소유

확대라는 매우 의문스러운 가능성 때문에 비록 소규모여도 자신의 확실한 재산을 바치곤 한다.

동료들의 노동 대가를 낮추고 또는 부자들의 일터에 나가거나 군대에 입대하는 방식으로 노동자가 자신의 처지를 개선할수 있을까. 그것은 도박꾼이 판돈을 걸고서 돈을 따는 것만큼이나 의심스러운 일이다.

그럴 때 노동자의 처지가 이전과 마찬가지가 되거나, 더 악화될 만한 가능성은 수천 가지가 있을 수 있다. 값싸게 일하는데 동의하고 자본가와 정부에 복무하려는 태세는, 비록 크지는 않더라도 모든 노동자들과 동시에 그의 처지를 악화시키리라는 사실은 의심의 여지가 없다. 그것은 도박꾼이 내건 판돈을 틀림없이 잃어버리는 것과도 같은 이치다.

투쟁에 참여하지 않지만 생활을 관찰하는 사람에게는 다음과 같은 사실이 명확하다. 도박장, 복권, 주식거래에서는 도박장, 복권, 중개사무소 소유주만 이윤을 얻고, 도박꾼들 모두 망하는 것처럼, 일상에서도 정부, 부자, 대체로 억압자들만 많은 이득을 챙긴다. 자신의 처지를 향상시키려는 바람으로 상호성의 율법에서 물러선 노동자들 역시 모든 노동자들의 처지를 악화시킴으로써 동시에 자기 처지를 악화시킬 뿐이다.

하느님의 율법이 하느님의 율법인 이유는 그것이 세상 속 인간의 자세를 규정한 것이기 때문이다. 그것은 인간이 정신적 생활이나 육체적 생활에서도 해당 처지에서 해낼 수 있는 최상의 것을 그에게 제시한다.

복음서에서 이 율법을 설명하는 대목에는 다음과 같은 언급이 있다. "그러므로 무엇을 먹을까, 무엇을 마실까, 무엇을 입을까 염려치 말고 말하지 마라. 천상의 너희 아버지께서 이 모든 것이 너희에게 있어야 할 줄을 아시느니라. 너희는 먼저 하느님의 나라와 하느님의 진실을 구하라. 그리하면 이 모든 것을 너희에게 더하시리라."[마태복음, 6:31~33] 이것은 말씀이 아니라, 세상 속 인간의 진정한 자세의 해명이다.

인간이 하느님이 바라시는 바를 행하고 그의 율법을 실행만 한다면, 하느님은 인간에게 필요한 모든 것을 행하신다. 따라서 타인이 네게 행하기를 바라는 바를 타인에게 행하라는 율법은 하느님과도 연관된다.

우리가 바라는 바를 하느님이 행하시게 하려면, 우리는 응당 하느님이 우리에게 바라시는 바를 행해야 한다. 하느님은 타인들이 우리를 대하기를 바라는 바와 마찬가지로 우리가 타인들을 대할 것을 바라신다.

여기서 차이는, 다만 하느님이 우리가 쉽게 접할 수 있는 은총을 주시면서 우리에게 바라시는 것이 하느님이 아닌 우리에게 필요한 것이라는 데 있다.

8

각국 정부와 부자들이 노동자들의 인생을 더 이상 침해하지 못하도록 하려면, 노동자들 스스로 깨끗해져야 한다. 악귀는 더러운 몸에만 생기고, 깨끗하지 않은 타인의 몸만을 양분으로 삼는다. 그러므로 노동자들이 재앙에서 벗어나는 수단은 오직 하나, 스스로를 깨끗하게 하는 것이다. 자신을 깨끗하게 하려면, 신학적이고 국가적이며 학문적인 갖가지 미신에서 해방되고, 하느님에 대한 믿음을 가지며 하느님의 율법을 실천해야 한다.

재앙에서 구제되는 유일한 수단이 여기에 있다.

우리는 문화 수준이 높은 노동자 또는 순박하고 무지한 노동자와 만나게 되곤 한다. 양쪽 다 기존 질서에 대한 불만에 가득 차 있다. 문화 수준이 높은 노동자는 하느님도, 하느님의 율법도 믿지 않지만, 마르크스와 라살을 알고 있으며 베벨과 조레스의 의회 활동을 주시하고 토지, 노동 도구 점유, 소유물을 유산으로 물려받는 것 등의 불공정성에 대한 멋진 연설을 행한다.

교육을 받지 못한 노동자는 비록 이론 같은 것은 알지도 못하고 삼위일체와 속죄 등을 믿지만, 역시 토지 소유주와 자본가들에게 분개하며 기존의 모든 구조를 불공평하다고 여긴다. 학식이 있든 없든 이 노동자들에게 자신의 처지를 향상시킬 기회를 줘보라. 어떤 물건을 다른 사람들보다 더 싸게 생산하는 방법으로, 동업자들 수십, 수백, 수천을 파산시키는 일이더라도 말이다. 또는 큰 봉급을 주는 직무로 자본가의 일을 맡기거나, 토지를 사서 스스로 고용 노동 시설을 장만할 기회를 줘보

라. 천 명 중 999명은 일고의 여지도 없이 그런 일을 해낼 것이고, 대물림한 토지 소유자나 자본가보다 더 열성적으로 토지 소유권 또는 고용주의 권리를 지키려 할 것이다.

살인, 즉 군복무 참여 또는 군대 유지에 지정된 조세 납부가 도덕적으로 고약한 행위일 뿐만 아니라, 동료들과 그들 자신에게도 너무나 치명적인 행위라는 것에 대해서는 그들 중 누구도 생각조차 하지 않는다. 그런 행위가 그들의 예속상태의 토대를 이루는 것인 데도 말이다. 모두들 그런 행위가 아주 자연스럽다고 여기며 자발적으로 군대에 쓰일 조세를 납부하거나 스스로 군복무에 나선다.

그런 사람들에게 기초하여 지금 존재하는 것과는 다른 사회가 형성되는 게 과연 가능한 일인가?

노동자들은 자기 처지에 대해 토지 소유주, 자본가, 압제자들의 탐욕과 잔인성을 탓한다. 그러나 정작 노동자들 모두 혹은 거의 다 하느님과 하느님의 율법에 대한 믿음도 없고, 그저 소규모거나 실패한 토지 소유주, 자본가, 압제자들과 다름없다.

어떤 농촌 출신 애송이가 돈벌이가 궁해서 부유한 상인의 마부로 사는 동향인을 찾아 도시로 나온다. 그는 마부에게 보통보다 더 적은 보수에 만족하며 잡역부 자리 주선을 부탁한다. 그러면 마부는 늙은 잡역부를 해고하고 더 이득이 되는 젊은이를 고용하라고 주인을 설득한다. 농촌 출신 애송이는 기뻐하며 그 자리를 대신할 태세를 갖추지만, 다음날 일하러 와서는 일자리를 잃고 살아갈 날을 막막해하는 늙은이의 하소연을 우연히 듣게 된다. 이 애송이에게는 늙은이의 처지가 애처롭게 여겨진다. 그는 다른 사람이 자기에게 행하기를 원치 않는 바를 다른 사람에게 행하기를 원치 않았기 때문에 그 자리를 거절한다. 또는 대가족을 거느린 어떤 농부가 부유하고 깐깐한 지주의 보수가 좋은 마름 자리에 나선다. 신임 마름은 자기 가족이 생활에 어려움이 없음을 느끼며 그 자리에 기뻐한다. 그러나 직무를 수행하면서 그는 즉각 주인댁 풀밭에다 말을 놓친 농부들에게 벌금을 받아야 하고, 주인집 숲에서 연료용 삭정이를 거둔 아낙들을 잡아들여야 한다. 또한 그는 노동자들의 품삯을 깎아야 하고 죽을힘을 다해 작업을 하도록 노동자들을 다그쳐야 한다. 결국 마름 직무를 수행하던 농부는 양심이 이런 일을 하는 것을 허락하지 않는다는 것을 깨닫고, 가족의 하소연과 질책에도 불구하고 일자리 없이 있다가 훨씬 작은 보수를 주는 다른 일을 한다. 또는 소요를 일으킨 노동자들을 진압하기 위해 중대로 동원되어, 노동자들을 향해 총을 쏘라는 명령을 받은 어떤 병사는 복종을 거부하고 혹독한 고통을 겪는다. 모두가 이렇게 행동한 이유는, 그들이 다른 사람에게 저지른 악행이 그들의 눈에 들어와서, 그들의 심장이 자신이 저지르는 일이 그릇되고 내게 행하기를 바라지 않는 일을 타인에게 행하지 말라는 하느님의 율법을 어기는 것임을 곧바로 알려주기 때문이다. 그러나 실상 어떤 노동자가 노동의 대가를 낮추고도 그의 악행에 당하는 사람들을 눈여겨보지 않는다면, 그가 그런 일로 자신의 형제에게 저지른 악행은 줄어들지 않는다.

어떤 노동자가 상전의 편으로 옮겨가서 그가 자기와 같은 처지의 사람들에게 저지르는 해악을 보지도 느끼지도 못한다면, 해악은 언제나 그대로일 것이다.

군복무에 나서면서 만일 필요하다면, 자기 형제들을 죽일 태세가 되어있는 사람에게도 마찬가지의 일이 벌어진다. 그런 사람이 군복무에 나설 때는 누구를 어떻게 죽이는지 알지 못한다고 해도, 총을 쏘고 찌르는 훈련을 받으면 언젠가 이런 일을 해야 한다는 사실을 이해하기는 어렵지 않다. 그러므로 노동자들이 자기 억압과 예속상태에서 벗어나려면, 제 형제들 공통의 처지를 악화시키는 모든 일을 금지하는 방식의 종교적 심성을 길러야 한다. 비록 공통의 처지 악화가 그들의 눈에 띄지 않더라도 말이다. 현재 사람들이 돼지고기 음식, 금식 기간에 육류, 일요일의 노동을 삼가는 것처럼, 그들이 종교적으로 삼가야 하는 것이 있다. 첫째로 특정한 일을 하지 않아도 생계유지만 가능하다면, 자본가들의 작업장에서 하는 노동을 삼가야 한다. 둘째로 통상 정해진 것보다 더 낮은 보수로 노동하라는 제안을 삼가야 한다. 셋째로 삼가야 할 것은 자본가들 편으로 이동해서 그들에게 복무함으로써 자기 처지를 개선하는 일이다. 아주 중요한 넷째는 경찰이든, 세관원이든, 일반 군복무든, 정부 차원의 폭력에 참여하는 것을 삼가는 것이다.

자신의 활동 형태에 대한 이와 같은 종교적인 태도를 갖추어야만 노동자들은 예속에서 해방될 수 있다.

만약 노동자가 이득을 취하려거나 공포감에서 조직적인 살인자인 병사의 길에 동의하고 양심의 가책도 느끼지 못한다면, 자신의 부의 확대를 위해 태연히 더 가난한 동료의 품삯을 빼앗거나 봉급 때문에 압제자들 편으로 옮겨가서 그들의 활동을 돕는다면, 그는 어떤 일에도 불평할 여지가 없다.

그의 바람이 어떤 것이든 그 자신이 그런 일을 행하면, 그 자신은 피억압자 혹은 억압자 말고는 다른 어떤 사람도 될 수가 없다.

여기에는 다른 길이 없다.

하느님과 그의 율법을 믿지 않기 때문에, 인간은 그 짧은 인생에서 가능한 한 자기에게 더 많은 실익이 주어지기를 바라지 않을 수 없다. 물론 그것이 다른 사람들에게 어떤 결과를 미칠지는 상관도 없다. 사람들 모두가 그것이 다른 사람들에게 무슨 일이 될지를 살피지 않고 각자 더 많은 실익을 바라는 순간, 어떤 질서가 세워졌든 그런 사람들 모두가 상부에는 지배자들, 하부에는 피억압자들이 있을 예리한 꼭짓점(원뿔)에 무더기로 몰리는 사태는 불가피하다.

9

복음서에는 그리스도께서 사람들이 목자 없는 양들처럼 지친 채 흩어져 있는 모습을 보고 그들을 가엾이 여기셨다는 말씀이 있다.

지금 그리스도께서 사람들 모습을 보셨다면, 어떤 느낌을 받고 무슨 말씀을 하셨을까? 사람들은 지금 목자 없는 양들처럼 지친 채 흩어져 있을 뿐만 아니라, 전 세계 수십억 인구가 대물림으로 가축과 같은 일을 하며 얼빠진 상태로 무지몽매하고, 서로를 괴롭히고 죽이는 악덕 속에서 스스로를 망가트리고 있다. 이러한 모든 재앙에서 벗어날 방책이 이미 2천 년 전에 그들에게 주어져 있음에도 불구하고 말이다.

노동인민이 묶여있는 쇠사슬의 자물쇠를 열어젖힐 열쇠는 그 곁에 놓여있기 때문에, 노동인민이 그 열쇠를 붙잡고 쇠사슬을 끌러서 자유로워지면 그만이다. 그러나 노동하는 사람들은 여태껏 이 일은 하지 않고, 아무런 실천 활동도 없이 낙심해 있거나 끊어지지 않는 사슬을 바로 부수려고 제 어깨를 부숴가며 버둥거린다. 이보다 더 못한 경우, 사람들은 묶여있는 짐승처럼 행동한다. 그들은 묶은 걸 풀어주려는 사람에게 달려들고, 쇠사슬의 자물쇠를 끄를 열쇠를 가리키는 사람들을 공격하는 것이다.

그 열쇠는 하느님과 그의 율법에 대한 믿음이다.

사람들이 열성적으로 길들여진 미신을 떨쳐버리고, 남들이 내게 행하기를 바라는 것을 남에게 행하라는 율법을 믿고, 현재 안식일, 재계 엄수, 예배와 성찬식의 필연성, 다섯 차례의 기도 또는 서약 이행과 같은 것을 믿듯이 그 율법을 믿어서 다른 어떤 율법이나 법령보다 우선해서 그 율법을 실천할 때에서야 비로소 노동자들의 예속상태와 비참한 상태는 사라질 것이다.

그런즉 노동자들 스스로가 낡은 습성과 전승을 아까워하지 말고, 교회나 국가의 외적인 박해와 내적으로 가족과의 싸움을 두려워 말며, 용감하고 결연하게 자기가 길들여진 거짓 신앙에서 무엇보다 먼저 해방되어야 한다. 그리고 자신과 타인들, 특히 젊은 세대와 자식들에게 하느님을 믿는 진정한 신앙과 하느님에게서 유래한 상호성 율법의 본질을 더욱더 해명하는 일에 힘쓰고, 힘닿는 대로 이 율법을 따라야 한다. 비록 율법의 실천이 일시적인 불편을 가져오더라도 말이다.

노동자들 스스로 응당 그렇게 행동해야 한다.

지배하는 소수는 노동자들의 노동을 이용해서 교육의 온갖 권익을 획득한 셈이다. 그들 중 어떤 사람들은 그런 까닭에 노동자들을 붙잡아두는 농간을 명확히 파악하게 마련이다. 만약에 그들이 정녕 노동자들에 복무하기를 바란다면, 응당 자신의 모범사례와 설교로 노동자들이 말려든 종교적이고 국가적인 농간에서 그들을 해방시키기 위해 우선적으로 힘써야 한다. 그러나 현재 그들이 하고 있는 일은 그만둬야 한다. 지금 그들은 자신의 사례로 이러한 농간들, 특히 중요한 종교적인 농간을 내버려두거나 지지하고 심지어는 강화하면서 약효 없고 심지어는 해로운 약제를 제안한다. 그런 약제들은 노동자들을 재앙에서 벗어나게 할 수 없을 뿐만 아니라, 그들의 처지를 악화시키는 데 기여한다.

얼마 되지 않아 실현될지, 언제 그리고 어디서 이런 일이 실현될지는 아무도 말할 수가 없다. 오직 이러한 방책만이 거대

다수 사람들, 즉 모든 노동자들을 멸시와 고통에서 해방시킬
수 있다는 사실 하나만은 의심의 여지가 없다.

여타의 다른 수단은 없고, 있을 수도 없다.

1901년 7월 12일
야스나야 폴랴나에서

병사의 수칙[25]

그런즉, 그들을 두려워하지 마라. 감춰진 것이 드러나지 않을
것이 없고 숨은 것이 알려지지 않을 것이 없느니라. 내가 너
희에게 어두운 데서 이르는 것을 광명한 데서 말하며, 너희가
귓속말로 듣는 것을 지붕 위에서 전파하라. 몸은 죽여도 영혼
은 능히 죽이지 못하는 자들을 두려워하지 말고, 오직 몸과
영혼을 능히 지옥에 멸하실 수 있는 이를 두려워하라(마태복
음, 10:26~28).

베드로와 사도들이 답하여 이르되, 사람보다 하느님께 순종
하는 것이 마땅하니라(사도행전, 5:29).

---

25 기존 '병사의 수칙'이 관제 애국주의적이고 군주제적인 내용을 담고 있어 이에
대한 반발로 집필했다.—옮긴이

그대 병사여, 그대는 사격하고 찌르고 행군하는 법과 육체단련 훈련을 받고, 군내 전승을 익히며, 군사훈련과 열병식에 동원된다. 그대는 아마도 전쟁터에도 나가서 명령받은 모든 일을 수행하면서 터키군 또는 중국군과 전투를 벌였는지도 모른다. 그대가 행하는 일이 훌륭한 것인지 아닌지 자문해보지는 않았는가?

그런데 어느 날 그대의 보병중대 또는 기병중대에 전투용 탄환을 들고 출동하라는 명령이 떨어진다. 그대는 어디로 동원되는지는 묻지 않고 차량에 몸을 싣거나 행군한다.

연대는 농촌이나 공장 인근에 배치되고, 그대 눈에는 농촌 또는 공장 일꾼들, 남자들, 아이들과 서있는 여자들, 노인들, 노파들이 광장에 무리지어 있는 모습이 저 멀리 보인다. 경찰을 대동한 주지사와 검찰관이 군중 쪽으로 다가가서 무엇인가 설명을 한다. 처음엔 침묵하던 군중이 더욱더 세게 고함을 지르기 시작하고, 지휘부는 이들에게서 물러난다. 그대는 농민들이나 공장 일꾼들이 소요를 일으켜서, 그들을 진압하는 데 동원되었다는 사실을 알게 된다. 지휘부는 여러 차례 군중에게서 물러섰다가 다가서기를 반복하지만, 고함소리는 더욱더 커진다. 지휘부는 자기들끼리 대화를 나누고, 소총에 전투용 탄환을 장전하라는 명령을 그대에게 하달한다. 그대 눈앞에는 그대가 그 속에서 징집되어 떠나온 사람들이 있다. 방한 내피, 짧은 털외투 차림에 짚신을 신은 남자들, 머릿수건을 쓰고 짧은 상의를 입은 채 아이들과 함께 선 여자들, 그대의 아내 또는 어머

173

니와 마찬가지인 여자들이 바로 그들이다.

첫 사격은 군중의 머리 위로 발사하라는 명령이다. 그런데도 군중은 흩어지지 않고 더 크게 고함을 지른다. 그러자 이제는 정면으로 즉, 머리 위로가 아니라 군중 한가운데로 사격하라는 명령이 떨어진다.

그대는 그대의 사격으로 인해 벌어지는 일에 책임이 없다고 주입받았다. 그러나 그대는 그대의 총탄에 피를 쏟으며 쓰러질 사람이 어느 누구도 아닌 그대 손에 죽은 것임을 알고 있다. 그대가 사격할 수 없다고 한다면, 그 누군가는 죽임을 당하지 않으리라는 것도 안다.

그대는 어떻게 할 것인가?

그대가 총을 내리고 자신의 형제를 향한 사격을 당장 거부하는 것으로는 부족하다. 그러나 내일이면 똑같은 일이 있을지도 모른다. 그러면 원하건 원하지 않건 정신을 바싹 차리고 자문해봐야 한다. 무장하지 않은 제 형제들을 향해 총을 쏘게끔 만드는 병사라는 직분은 대체 무엇인가?

복음서에는 제 형제들을 죽여선 안 될 뿐만 아니라, 살인으로 이끌리는 일은 하지 말아야 한다는 말씀이 있다. 형제에게 분노하지 말며, 적들을 미워하지 말고 그들을 사랑하라는 말씀인 것이다.

모세의 율법에는 누군 죽여도 되고 누군 안 된다는 식의 어떤 부대조건도 없이, '죽이지 말라'는 직설적 언급이 있다. 그대가 배운 규정집에는 병사는 그게 어떤 일이든 황제를 겨누는 것 말고는 상관의 모든 명령을 수행해야 한다고 되어있다. 또 제6계명의 해설에서는 비록 이 계명에 의해 살해가 금지되어 있지만, 전쟁터에서 적을 죽이는 자는 이 계명을 어겨 죄를 짓는 게 아니라고 되어있다. 각 내무반에 걸려 있어서 그대가 숱하게 읽고 들은 병사의 수칙에는 병사는 응당 사람들을 살해해야만 한다고 언급되어 있다. "셋이 덤벼들면, 한 명은 베어 죽이고, 다른 한 명은 쏴죽이고, 세 번째는 총검으로 급사하게 한다……. 총검이 부러졌으면, 개머리판으로 치라. 개머리판이 고장이면, 양 주먹으로 치라. 주먹이 다쳤으면, 이빨로 물고 늘어지라."

그대는 서약을 했기 때문에 응당 살인을 저질러야 하고, 그대의 일에 대한 책임은 그대가 아니라 지휘부에 있다고 말한다.

그러나 서약, 즉 다른 사람들의 의지를 수행하겠노라는 의무를 지기에 앞서, 그대는 이미 서약 없이도 그대에게 생명을 준 하느님의 의지를 전면 수행해야 할 의무를 지고 있다. 하느님은 살해하라고 명하시지 않는다.

그러므로 그대는 사람들이 명령하는 **모든 일**을 행하겠노라는 서약도 결코 해서는 안 되는 것이다. 이런 이유로 복음서(마태복음, 5:34)에도 "서약은 아예 하지 마라……"는 확실한 언급이 있다. "너희는 옳다 옳다, 아니다 아니라고 말하라. 그 이상의 것은 악마에게서 나오느니라."[마태복음, 5:37] 야고보서 5장 12절에도 똑같은 언급이 있다. "형제들아, 무엇보다도 하늘로도 땅으로도 서약하지 말지어다." 그런즉, 서약 자체가 죄악이다. 저들이 그대의 일에 대해 책임은, 그대가 아니라 지휘부가 진다고 말하는 것은 명백한 거짓이다. 과연 그대의 양심이 그대에게 있지 않고, 상등병, 특무상사, 중대장, 연대장 또는 어떤 다른 이에게 있을 수도 있단 말인가? 그 누구도 그대를 대신해서 그대가 무엇을 할 수 있고 해야 하는지, 무엇을 할 수 없고 하지 말아야 하는지 결정할 수 없다. 인간은 자기가 하는 일에 항상 책임을 지게 마련이다. 간통죄가 살인보다 몇 배는 가볍다고 해서 어떤 사람이 다른 사람에게 간통을 저질러라, 내가 너의 상관이니까 너의 죄는 내가 감당한다고 말할 수 있는가?

성경에서 들려주듯 아담이 하느님을 거스르는 죄를 지었는데, 사과를 먹으라고 명한 건 아내라고 말하고, 아내는 악마가 자신을 꼬드겼다고 말했다. 하느님은 아담도, 이브도 무죄라고 하지 않으셨고, 아담은 제 아내의 말대로 했기 때문에 벌을 받을 것이고, 아내는 뱀의 말대로 했기 때문에 역시 벌을 받게 된다고 말씀하셨다. 무죄를 인정하신 게 아니라, 두 사람을 처벌하셨다. 그대가 사람을 죽이고 그런 명령을 내린 자는 중대장이라고 말한다면, 하느님은 똑같은 말씀을 그대에게 하시지 않겠는가?

병사가 상부의 모든 명령을 수행해야 한다는 규칙 자체에 "황제에게 해를 끼치는 쪽으로 기우는 사람들은 제외"라는 말이 덧붙여져 있는 것으로도 속임수는 완연하다.

만약 병사가 상관의 명령을 수행하기 전에 그것이 황제를 거스르는 것이 아닌지를 결정해야 한다면, 어떻게 그가 상관의 명령을 수행하기 전에 상관이 요구한 것이 최고 통치자 황제, 즉 하느님을 거스르는 것은 아닌지 따져보지 않을 수 있는가? 사람을 죽이는 것보다 하느님의 뜻을 더 어기는 일은 없다. 그러므로 그대에게 사람을 죽이라는 명령을 내리는 경우, 사람들에게 복종해서는 안 된다. 만약 그대가 거기에 복종하여 살인을 저지른다면, 그대는 처벌받지 않으려는 속셈에서 그런 짓을 한 것이다. 그런즉, 상부의 명령에 따라 살인을 저지를 때 그대는 장사꾼을 약탈하려고 그 사람을 죽이는 강도와 같은 영락없는 살인자인 셈이다. 강도는 돈에 현혹되었고, 그대는 상부의 처벌을 피하고 포상을 받으리라는 유혹에 홀린 것이다. 인간은 언제나 하느님 앞에서 자기 행동의 책임을 자신이 진다. 상관들이 원하는 것과 같이 어떤 세력을 가진다 해도. 살아있는 인간을 대단한 견장 단 누군가가 제 맘대로 주무를 법한 죽은 물건으로 만들 수는 없다. 그리스도께서 가르치시길, 모든 사람은 하느님의 아들이므로 기독교인은 군주든, 차르든, 황제든 그 어떤 칭호로 불리는 사람이라 해도 타인에게 자기 양심을 맡길 수는 없다. 그대에 대한 권력을 움켜쥔 사람들이 그대에게 형제 살인을 요구하는 것은 이들이 사기꾼이며, 그런즉 그들에게 복종할 필요가 없음을 보여주는 것이다. 주인이 지시하는 것에 언제든 자기 육신을 모독하게끔 바칠 태세를 갖춘 탕자의 입장은 수치스러운 것이지만, 상관이 지시만 하면 누구라도 살해하는 거대한 범죄의 태세를 갖춘 병사의 입장은 더더욱

수치스러운 것이다.

그런즉, 그대가 신의 뜻에 따라 행동하기를 진정으로 원한다면, 그대는 이 한 가지, 즉 병사라는 수치스럽고 불경한 직분을 벗어버리고, 저들이 그 대가로 그대에게 가할 온갖 고통을 견딜 태세를 갖추어야 한다.

따라서 진정한 기독교도 병사의 수칙은 **사람들보다 하느님께 복종하라**는 성경의 말씀을 기억하고, 육체는 죽일 수 있어도 영혼을 죽일 수는 없는 자들을 두려워하지 않는 데 있다. 병사의 장군과 또 다른 신성모독이 하느님이라느니, 병사는 어디서나 상관들에게 복종하면서 무장하지 않았는데도 적군이든 아군이든 형제들을 죽일 태세를 갖추라는 것은 수칙이 아니다.

진정하고 거짓 없는 병사의 수칙은 하느님께 복종하라는 것 하나에 담겨있다.

1901년

장교의 수칙

누구든지 나를 믿는 이 작은 사람 중 하나를 호려내면, 연자 맷돌에 목이 매달려 깊은 바다에 빠트려져 죽는 게 나으니라. 유혹이 있음으로 말미암아 세상에 화가 있도다. 유혹은 일어나겠지만, 유혹의 발단이 되는 사람에게는 화가 있도다(마태복음, 18:6~7).

병사의 각 내무반 벽에는 드라고미로프 장군[26]이 작성한 이른바 '병사의 수칙'이 걸려 있다. 이 수칙은 신성모독적인 복음서 인용과 뒤섞여서 허위의 병사 인민적인(병사 각자에게 아

---

[26] 미하일 드라고미로프Mikhail Dragomirov(1830~1905): 러시아 보병 장군이자 군사학 연구자. 1877년 발발한 러시아와 터키의 전쟁에서 두각을 드러냈다. —옮긴이

주 생소한) 어리석고 대담한 말들의 조립체이다. 병사들이 응당 살인을 저지르고 이빨로라도 적들을 물어뜯어야 한다는 것을 입증하기 위해 복음서의 금언이 인용되었다. "총검이 부러졌으면……양 주먹으로 쳐라. 주먹이 다쳤으면, 이빨로 물고 늘어지라." '수칙'이라는 것의 말미에는 하느님이 병사들의 장군이라고 언급되어 있다. "하느님은 너희들의 장군이시다."

그 어떤 것도 우리 시대 러시아 사람들이 당도한 무지몽매, 노예적 순종, 야수화의 끔찍한 수준을 이 '수칙'만큼 명징하게 증명하지는 않는다. 끔찍하기 그지없는 이러한 신성모독이 출현하고, 병영마다 내걸린 것은 아주 오래전이다. 그럼에도 그간 복음서 텍스트의 의미가 왜곡된 것을 직접 접했을 법한 어떤 성직자나 어떤 지휘관도 이 혐오스런 저작을 질책하는 표현을 한 적이 없다. 또한 그러한 왜곡이 계속하여 수백만 부 인쇄되고, 수백만의 병사들이 이 끔찍한 작문을 활동 지침으로 받아들여 읽는다.

이 지침은 오래전부터 나를 분노케 했고, 현재는 죽기 전에 이 일을 해낼 수 있을지 두려워하며 병사들에게 호소문을 썼다. 그 호소문에서 나는 인간이자 기독교인으로서 병사들이 이 수칙에 제시된 것과는 전혀 다른 하느님에 대한 의무를 지닐 것에 대해 주의를 환기시키고자 노력했다. 내 생각에, 그러한 주의 환기는 병사들에게만이 아니라 장교 집단(내가 장교 집단이라 함은 소위보부터 장군에 이르기까지 모든 군 지휘부를 의미한다)에 더더욱 필요하다. 장교들은 병사들처럼 강압적으로 군복무를 시작하거나 거기에 남아있는 게 아니라, 본인의 뜻에 따른 것이다. 내가 보기에, 이러한 주의 환기는 현시대에 특히나 긴요하다.

백 년 또는 오십 년쯤 전만 해도 별문제는 없었다. 그때는 전쟁이 여러 민족들의 피할 수 없는 생활 조건으로 간주되었고, 전쟁을 벌이는 민족은 야만인이나, 이교도거나 악한들로 여겨졌다. 그리고 당시는 군인이 자국민 억압과 진압에 필요하리라는 생각조차 하지 않던 때였다. 그때는 금몰, 은몰을 테두리에 단 현란한 제복을 입고서 군도를 절렁이고 박차를 짤랑이며 다니거나, 자신을 영웅으로 상상하며 연대 앞에서 말타기 재주를 부려도 좋았다. 아직 희생당하지 않은 자라면, 제 조국의 방어를 위해 생명을 바칠 태세가 되어있었다. 그런데 무역과 사회, 학문, 예술의 국제왕래가 빈번한 지금은, 유럽 민족들 사이의 온갖 전쟁이 어떤 가족 내 불화의 일종으로 비쳐질 만큼이나 민족들 사이가 가까워졌다. 또한 전문지만이 아니라 일반 신문의 수천의 기사문과 수백의 사회단체가 멈추지 않고 모두의 화친을 위해 군국주의의 광기와 전쟁을 제거할 가능성과 필연성까지도 밝히고 있다. 가장 중요한 것은 지금 군인들은 더욱 빈번하게 공격해온 정복자들을 방어하기 위해, 또는 조국의 영광과 위력을 키우기 위해 외부의 적들에 맞서는 것이 아니라, 무장하지 않은 공장일꾼들 또는 농부들에게 맞서 진군한다는 데 있다. 그런 지금 금몰, 은몰로 장식한 제복을 입고 광장에서 말타기 재주를 부리는 것, 중대 앞에서의 늠름한 시합은 이미 공허하지만, 과거처럼 용납할만한 허세가 아니라 전혀 다른 어떤 것이 되어있다.

옛적 니콜라이 1세 시절만 해도 군대가 비무장 주민들에게 총을 겨누는 데 특히 필요하리라는 생각은 아무도 하지 않았다. 현재 수도 곳곳과 공장 지역에는 집결하는 노동자들을 언제든 해산시킬 목적으로 군대가 항시 배치되며, 전투용 탄환으로 무장한 군대를 병영에서 이동시켜 언제라도 인민을 향해 사격할 수 있게끔 거의 달마다 은밀한 장소에 주둔시키곤 한다.

인민의 억압에 군대를 이용하는 일은 흔한 현상일 뿐만 아니라, 군대가 장차 이런 목적을 위해 준비태세를 갖추도록 편성되기도 한다. 정부는 부대별 신병 배치가 고의적으로 행해지고 있음을 숨기지 않는다. 병사들이 주둔 지역을 벗어나가지 못하게 하는 배치는 병사들이 친족들을 향해 방아쇠를 당기는 일이 없도록 하려는 목적에서 행해지는 것이다.

독일 황제는 신병 모집 때마다 이렇게 단적으로 말해오고 있다(1901년 5월 23일 연설). 그에게 서약을 하는 병사들은 육체와 정신 모두 그에게 속하고, 그들의 적은 오직 하나 그의 적이며, 그 적은 사회주의자들(즉, 노동자들)이다. 병사들은 그가 명령하면, 비록 이 사회주의자들이 친형제 또는 심지어 부모라고 해도 그들을 사살해야(niederschiessen) 한다.

더욱이 과거에도 군대가 인민에 맞서는 데 동원되는 경우가 있었다. 당시 군대가 동원되어 진압한 사람들은 평화로운 주민을 죽이거나 약탈할 태세를 갖춘 악당들이었거나, 적어도 그렇게 간주되어 공익을 위해 그들을 제거하게끔 되어있었다. 그러나 현재 군대가 파견되어 진압하는 사람들 대부분이 온순하고 근면성실한 사람들이며, 그들은 다만 자기 노동의 성과를 방해 없이 사용하고자 할 뿐이라는 사실을 모두가 알고 있다. 그런즉, 우리 시대 항시적이고 주된 군대 동원 목적은 이교도들과 외부의 적들 그리고 반란을 일으킨 악당들, 즉 내부의 적들로부터 가상의 방어를 하는 데 있는 게 아니라, 무장하지 않은 제 형제들을 죽이는 데 있다. 그들은 결코 악당들이 아닌 온순하고 근면성실한 사람들로 그저 자신들이 일하여 번 것을 빼앗기지 않기를 바랄 뿐이다. 그런즉, 우리 시대의 군복무는 이미 고귀한 임무가 아닐 뿐더러 아주 비열한 임무에 불과하다. 지금 군복무의 주요 목적은 살해 위협과 살해를 통해 예속상태의 인민을 이들이 처해 있는 불공정한 조건에 잡아두기 위한 것이다.

그러므로 지금 복무 중인 장교들은 그들이 누구에게 복무하는지를 생각해보고, 그들이 행하는 일이 훌륭한 것인지 나쁜 것인지 자문해야만 한다.

내가 아는 바로는, 특히 고위급 중에도 수많은 장교들이 동방정교, 전제정치, 국가의 통일성, 항시적인 전쟁의 불가피성, 질서의 필요성, 사회주의적인 몽상의 근거불충분 등의 주제에 대한 다양한 논의를 동원하여 그들의 활동이 이성적이고 유익한 것인지, 활동 자체에 부도덕한 점은 없는지 스스로에게 입증하려는 노력을 기울이고 있다. 그러나 그들 스스로도 자기들이 말하는 바를 마음속 깊이 믿고 있지 않으며, 영리한 장교나 상급 장교일수록 더욱더 믿음이 부족하다.

대단한 야심가로 나의 동료이자 지인이 나를 기분 좋게 놀라게 한 적이 있다. 평생 군복무에 투신해서 고위직(부관참모이자 포병장군)에 오르고 상당한 공적을 세운 바 있는 그가 자신이 참여했던 전쟁 관련 기록장을 불태워버렸다는 것이었다. 군사업무에 대한 그의 관점이 바뀌었고, 온갖 전쟁을 이제는 그 업무에 임하도록 장려할 게 아니라 갖은 방법으로 평판을 떨어트려야 하는 어리석은 일로 여기기 때문이었다. 많은 장교들은 군무를 하는 동안, 말은 안 해도 그리들 생각한다. 본질상 사유하는 장교라면, 누구든 달리 생각할 수가 없을 것이다. 하급에서 최상급 군단 지휘관에 이르기까지 모든 장교들의 업무가 조직해내는 것이 무엇인지를 생각해보라. 최전방 장교들의 경우, 그들이 전쟁터에 나가서 살인을 행하는 짧고 드문 기간을 제외하고 업무 초반부터 끝까지 그들의 활동은 두 가지 목적을 달성하는 데 있다. 즉, 최상의 방법으로 사람들을 죽이는 데 숙달되도록 병사들을 훈련시키고, 병사들이 상관의 모든 명령을 아무런 판단 없이 기계적으로 행하도록 복종 자세를 길들이는 것이다. 옛적에는 '둘을 죽도록 패서 한 놈을 가르치라'라는 말과 같은 짓을 자행했다. 지금에 와서 맞아죽는 사람 비율은 줄었지만, 원칙은 그대로 남아있다. 온갖 상관의 명령에 따라 인간 본성과 그들의 신앙에 역행하는 일, 즉 살인을 저지르는 짐승 아닌 기계 상태로 병사들을 몰아가는 데 있어서 이들에 대한 교활한 속임수 말고도 너무나 잔혹한 폭력이 자행되는 것이다. 현재의 사정이 그러하다.

얼마 전 파리에서 교통편으로 6시간 떨어진 올레롱 섬의 징벌대대에서 병사들이 당한 참담한 가학행위에 대한 어떤 기자의 폭로가 프랑스 언론을 시끄럽게 했다. 징벌대상자들의 손과 발을 등에다 결박해서 땅바닥에 내던지고, 팔이 등 뒤로 젖혀진 양쪽 엄지손가락에다 나사못을 끼워 넣고 살짝만 움직여도 끔찍한 통증을 유발할 지경으로 조여서 거꾸로 매달아 놓는 등의 짓을 자행했다.

개들이 앞다리로 걷는다거나, 코끼리들이 통을 굴린다거나, 호랑이들이 사자와 놀이를 하는 모습 등, 훈련받은 짐승들이 본성에 역행하는 행동을 수행하는 것을 볼 수 있다. 우리는 이런 행동이 굶기기와 사냥용 채찍, 시뻘겋게 달궈진 강철로 학대행위를 한 끝에 달성된 것임을 안다. 군복차림에 총을 들고 부동자세로 꼼짝도 않거나 단번에 달리고, 뛰어넘고, 총을 쏘고, 고함을 지르는 등의 동일한 동작을 하며, 황제며 왕들이 그토록 즐기고 서로에게 자랑하는 화려한 열병식과 기동훈련을 거행하는 군인들도 이와 마찬가지이다. 그저 가혹하게 구는 게 아니라 고단수의 잔혹한 방법으로 고통을 주며 고통과 속임수를 한꺼번에 동원하더라도, 인간에게서 인간적인 면을 모조리 제거하거나 그를 기계 상태로 이끄는 건 불가능하다.

이와 같은 일을 자행하는 사람이 바로 여러분, 장교들이다. 진짜 전쟁에 나가는 드문 경우를 제외하고 상급부터 하급까지 그대들의 군무의 전부는 이런 일을 하는 데 있다.

가족을 떠나 세상 반대쪽 끝으로 보내진 청년이 당신 휘하로 온다. 청년은 그가 행한 바 있는 복음서가 금지하는 허위적인 서약이 자신을 결박하고 있다는 생각을 주입받은 상태에 있다. 코에서부터 선이 그어져 바닥에 놓여있는 수탉이 그 선에 묶여있다고 여기는 것과 흡사하다. 이 청년은 전적으로 복종하며 자기보다 상급자이며 영리하고 박식한 당신이 그에게 훌륭한 가르침을 주리라는 희망으로 당신을 대한다. 그런데 당신은 이 청년이 그간 지녀온 온갖 미신에서 벗어나게 하는 대신, 무의미하고 거칠며 해로운 깃발의 신성함과 차르의 거의 신적인 의미, 지휘부에 절대적으로 복종할 의무에 관한 갖가지 새로운 미신을 첨가한다. 그리고 당신은 병사들의 혼을 빼놓는 본업에서 가다듬은 기법의 도움을 받아 청년을 동물보다 저급한 상태로 몰아간다. 그런 상태에서 청년은 명령받은 모든 사람들, 무장하지 않은 제 형제들까지도 죽일 태세를 갖춘다. 그런데도 당신은 이 청년을 지휘부에 자랑하고 그 대가로 감사패와 포상을 받는다. 스스로 살인자가 되는 것도 끔찍하지만, 당신을 신뢰하는 형제들을 교활하고 잔혹한 방법을 써서 살인자로 몰아가는 것은 정말 지독한 범죄행위이다. 당신이 그런 범죄행위를 저지르고 있으므로, 당신의 군대 업무는 그것으로 요약된다.

다른 어떤 환경에서보다 더 그대들 사이에서 양심을 질식시키는 갖가지 일이 만연한다는 사실이, 따라서 놀랍지는 않다. 흡연, 트럼프, 폭음, 음란방종, 무엇보다 자주 자살이 발생하는 것이다.

"유혹은 세상에 마땅히 유입되지만, 그 화는 유혹의 발단이 되는 사람에게 있도다."

당신은 자신이 복무하지 않는다면, 현존질서가 무너지고 혼란과 온갖 재앙이 닥칠 것이기 때문에 복무한다고 말한다.

그러나 첫째로, 당신이 현존질서 유지를 걱정한다는 말은 거짓이다. 당신은 자기들의 이권만을 걱정하고 있는 것이다.

둘째로, 당신의 군복무 자제가 혹여나 현존질서를 무너뜨린다 치자. 이러한 사실은 당신이 그 어리석은 일을 계속해야 함을 증명하는 게 아니라, 당신의 군복무 자제로 인해 붕괴될 질서라면 그것은 사라져야 한다는 것을 증명한다.

가령 공창가에서 얻어지는 수익으로 자원이 조달되는 병원, 학교, 양로원 같은 아주 유익한 시설이 존재한다고 치자. 이러한 자선 시설이 가져오는 이득이 있다고 해서, 수치스런 직업에서 해방되고자 하는 여인을 그런 상태로 잡아둘 수는 없다.

여인은 이처럼 말한다. "나는 죄가 없다. 당신들이 자선 시설을 음란방종에 기초해서 세운 것이다. 더 이상 나는 방종하게 살고 싶지 않다. 당신들의 시설은 나의 문제가 아니다."

바로 그와 같은 말을 군인들 모두가 해야 한다. 만약 살인에 대한 준비태세에 기초한 현존질서 유지의 필요성이 언급된다면 말이다. 군인이라면 이렇게 말해야 한다. "살인이 필요하지 않도록 공공질서를 세우십시오. 그러면 나는 그 질서를 무너뜨리지 않겠습니다. 나는 살인자가 되고 싶지 않고, 될 수도 없습니다."

당신들 가운데 많은 이들이 이런 말을 한다. "나는 이렇게 길러졌고, 이러한 처지에 묶여있어서 거기서 벗어날 수가 없다." 그러나 이런 말은 진실이 아니다.

당신은 언제든 자신의 위치를 벗어날 수 있다. 당신이 거기서 벗어나지 못한다면, 그 까닭은 오직 당신의 명예롭지 못한 군무가 제공하는 속세의 이득을 상실하는 것보다, 제 양심을 거스르는 삶과 행동을 선호하기 때문이다. 당신이 장교라는 사실은 잊고, 당신이 인간이라는 것만 상기해보라. 그러면 당신의 처지에서 벗어날 출구가 즉시 열릴 것이다. 최상의 정직한 이 출구는 당신이 지휘하는 부대를 모은 뒤, 그 앞에 나가서 당신이 그간 병사들을 기만하면서 저지른 모든 악행에 대해 용서를 구하고, 군인의 직무를 그만두는 데 있다. 이런 행동은 무척이나 용감하고 커다란 용기를 요구하는 것처럼 보인다. 그러나 그런 행동을 하는 데는 군인으로서 당신이 항상 준비태세를 갖춘 채 행하고 있는 것, 즉 습격에 나서거나 군 제복을 모욕했다고 결투 요청을 하는 것보다는 훨씬 작은 용기를 요한다.

그러나 그와 같이 행할 조건에 있지 않다 쳐도, 군복무의 범죄성을 이해한다면 당신은 언제든 군복무를 벗어나 비록 이득은 적더라도 다른 어떤 활동이라도 해나갈 수 있다.

당신이 그것조차 해낼 수 없다면, 계속 복무할 것인가의 문제는 누구에게나 곧 도래하는 법이지만 당신이 무장하지 않은 농민 또는 공장 일꾼으로 이뤄진 군중과 정면으로 맞서게 되어 당신에게 그들을 향해 사격하라는 명령이 하달될 때까지 미뤄질 것이다. 내면에 어떤 인간적인 면이 여전히 남아있다면, 당신은 마땅히 복종을 거부해야 하고 그에 따라 군복무를 그만둬야 한다.

내가 알기론, 상급에서 하급에 이르기까지 많은 장교들이 제1, 제2, 제3의 그 어느 출구의 필연성도 알지 못할 만큼 무지몽매하고 최면에 걸려 있어서, 작금의 조건에서도 차분히 군복무를 이어간다. 그들은 제 형제를 사격할 태세를 갖추고 있으며 심지어는 이런 자세에 자부심을 느끼기도 한다. 그러나 다행히도 사회여론에 의해 그런 사람들이 혐오와 멸시를 받고 있어서, 이들은 수적으로 점점 줄어들고 있다.

그런즉, 군부대의 형제 살해적인 임무가 명확해진 현 시대의 장교들은 군인의 자기만족적 대담성이라는 낡은 전설을 지속하지 말아야 할 뿐만 아니라, 신뢰를 갖고 있는 순박한 병사들에게 인간적인 비굴함이나 수치심도 없이 살해하는 법을 훈련시키는 범죄적인 일을 지속하지 말아야 한다. 또한 비무장한 주민들을 살해하는 데 참여하는 태세를 갖추지도 말아야 한다.

이는 우리 시대 양심적으로 사유하는 장교들 모두가 이해하고 기억해야 할 자세이다.

1901년 12월 7일
가스프라에서

톨스토이의 평화 사상―평화공존의 구도적 저항자

톨스토이의 후기 비폭력 평화 사상의 전체적 면모를 파악하려면, 우선 그가 50대 무렵부터 예술가의 길을 의식적으로 거부하고 평화·도덕 사상가의 길을 걸었음을 염두에 두어야 한다. 그 이전에 이미 소설가로서의 명예의 정상에 도달하고 어린 자식들의 죽음을 겪는 과정에서 찾아온 삶의 허무, 죽음의 공포와 맞서 치열한 쟁투를 벌이며 생의 의미를 천착한 결과였다. 평자들은 톨스토이가 독특한 방식으로 정신적 위기를 겪은 저 시절을 종교적 회심의 시기라고 일컫는다.

이 책에 번역된 작가의 후기 논설문들에는 이른바 그의 국가론의 특징이 여실히 드러나 있다. 이 책에 실린 논설문은 1896년과 1901년 사이 주로 외국에서 처음 출판되거나 검열을 거쳐 러시아에서 출판되었다. 군복무, 전쟁 경험, 작품 활동 그리고 1850년대 후반에서 1860년대 고향 야스나야 폴랴나에서 민간교육에 힘쓰던 시절을 거쳐《전쟁과 평화》집필에 이르기까지, 톨스토이는 19세기를 관통한 전쟁에 대한 사유를 소설로 그려낸 작가였다. 이 시기 그는 애국적 성향(민간교육에서도 예술적 감각과 애국심 강조)을 자연스레 표출하곤 하였다. 그는 포병장교로 캅카스 전투, 크림 전쟁에 참여하여 조국을 위해 싸웠고, 그 참상과 비극, 허상을 통찰하는 일련의 소설을 집필했다. 특히,《전쟁과 평화》에서 그는 전쟁을 "인간의 이성과 본성에 위배되는 사건"이라고 보고, 약탈적이고 불공정한 '침략' 전쟁을 신랄하게 비판했다.

그런 그가 비폭력, 반전 평화에 관한 글을 집필하던 시기는 서구열강의 팽창정책으로 발생한 국가 간 분쟁을 무력으로 해결하던 20세기로의 전환기였다. 산업 강대국은 애국심(또는 애국주의)으로 포장한 제국주의적 야욕을 충족시킬 '먹이'가 있는 곳이면 조선이든, 아르메니아든, 베네수엘라든 가리지 않고 달려들어 세력 충돌을 벌였다. 물론 이러한 국가 차원의 폭력 수단 동원이 외부를 향한 것만은 아니었다. 생존권마저 박탈당한 농민, 노동자들과 지주, 자본가들의 대립 현장에 공권력이라는 이름의 경찰, 군대가 동원되어 무력으로 자본의 이익을 지켰다. 톨스토이 역시 이런 시대적 참상을 그려내고 있거니와 그의 논설문은 무엇보다 폭력적인 시대와 국가에 대한 문제 제기와 그의 종교사상에 기반한 근본적인 해결책 제시로 봐야 한다.

그는 무력 전쟁을 떠받치는 핵심을 애국심이라 규정하고 그 맹목성과 허상을 파헤친다. 애국심이 폴리스 또는 모국에 대한 사랑에서 시작되었으나, 자연스러운 감정을 넘어 국가적 책략과 농간의 도구이자 미신으로 변모했다고 단죄하는 것이다. 어떠한 통제 없이 강자든 약자든 민족주의적 맹목으로 치닫게 하는 애국주의는 평화와 공존할 수 없을뿐더러, 국가 폭력을 대표하는 군대를 존치케 하는 최대의 장애물(《애국주의인가 평화인가》, 1896)이라는 것이다. 잘 알려져 있다시피, 이렇듯 애국심의 허위성을 공격한 인물이 톨스토이만은 아니었다. 이전 세기 영국의 계몽시대 시인 새뮤얼 존슨 또한 '애국심은 악당의 마지막 피난처'라는 말로 애국이라는 말에 담긴 위선과 거짓을 공격했다고 전해진다.

톨스토이는 군대를 통해, 특히 국가의 자국민에 대한 기만과 폭력성을 인식한다. 각국 정부는 타국에 의한 정복 위험을 내세워 안전과 번영을 위한 조세 납부와 군대 입대를 강제한다. 그리하여 사람들은 복종 선서를 통한 군복무 과정에서 인간적 존엄성을 상실한 기계가 되어 상부의 명령에 따라 형제에 대한 살상행위를 불사하는 노예 상태로 전락한다는 것이다. 그러한 행위의 명백한 불합리성에도 불구하고 사람들은 군대에 입대하고, 자신들에 대한 탄압까지 불사하는 군대 유지를 위한 조세를 납부한다. 그야말로 위협과 매수를 거쳐 모두가 최면상태의 연쇄 고리에 빠져드는 것이다.

당시에 정부 또는 국가 정책을 대변한 애국주의의 촉구는 국내외적으로 무엇보다 마키아벨리식의 분할, 통치 전략의 올가미를 펼치는 행위와 다르지 않았다. 국내적으로 애국주의는 권력욕에 이끌려 타산적인 목적 성취에 눈이 먼 지배자에게 주요한 이념적 혹은 감성적 도구 역할을 한다. 이에 따라 권력의 피라미드에 속한 피지배자들은 대개 인간적 존엄, 이성, 양심을 저버리고 권력자에게 굴종한다. 더 나아가 자국의 배타적인 융성이라는 애국주의 염원 속에는 타자(타국민, 이방인)에 대한 배제와 억압이 전제되어 있다.

톨스토이는 스페인과 미국 간의 전쟁 후 어느 미국 신사에게서 편지(《두 전쟁》, 1898)를 받는다. 미군의 숭고한 과업과 병사들의 영웅적 자질을 칭송하는 말을 들려달라는 편지였다. 이렇듯 애국심은 어느 한 국가 혹은 민족의 우선권에 기초한다. 인간이 갖고 태어난 에고이즘과 달리 애국주의는 인위적으로 인간에게 접목된 부자유스럽고 퇴행적인 감정이며 어떤 견제도 불가능해 인류가 겪는 폭력적 병폐의 상당 부분이 여기서 비롯한다. 당시 서구에서는 기독교를 바탕으로 민족국가가 존립 기반을 확고히 갖추고 있어서 과거(고대 그리스와 로마)처럼 애국주의를 활용해 사람들을 국가로 결집할 이유가 사라졌기에 퇴행적이다.

각국 정부는 국민에 대한 합법적 권력 기반 마련을 위해 숭고한 종교적 교리로 자국민을 교육하는 것처럼 행동하며 기독교 정신을 왜곡한다. 기독교의 가르침대로면 상관의 명령대로 사람을 죽이겠다는 맹세는 불가능한데도, 심지어 인간에 대한 충성 서약까지 강요한다. 당시 기독교인, 일례로 러시아 정교도는 젖먹이 시절에 세례를 받고 나면 누구도 제대로 현실 종교에 의문을 표현할 수가 없었다. 모종의 처벌 위협이 항상 도사리고 있었기 때문이다. 결국 사람들은 어릴 때부터 정부 권력이 다방면으로 조성해온 총체적 기만 체계에 편입되어, 상관의 명령에 따른 살인이 아무 죄업 없이 가능하다는 생각을 주입받아 내면화한다. 이렇듯 권력의 자기보존을 가능케 하는 교회를 통한 속임수는 다른 한편 술주정과 온갖 방탕을 장려하는 우민화로도 나타난다. 정부가 자체의 권력을 활용해 속임수를 확산시키고, 속임수가 권력을 떠받쳐나가는 상황이 펼쳐지는 것이다.

그렇듯 유럽의 각국 정부는 거짓된 '교회' 신앙(〈끝이 가까워온다〉, 1896), '교회' 기독교(〈과연 이래도 되는가〉, 1900)에 기초하여 군대를 양성하고 애국심을 고취해 나갔다. 톨스토이가 판단하기에 바로 여기에 정부를 비롯한 권력자들의 기만이 숨어 있다. 인류의 여느 보편종교와 마찬가지로 사실상 참된 기독교는 '죽이지 말라'는 가르침에 기초하여 아나키스트에 의한 황제 살해에 이르기까지 온갖 폭력을 배격(〈죽이지 마라〉, 1900)한다는 것이다.

그런데도 교회 신앙이 정부 권력과 결탁한 속임수에서 벗어난 사람들이 현실에 존재했다. 그들은 병역의무가 기독교와 병존할 수 없다는 확신에서 각종 박해를 감당하며 병역거부를 감행한다. 톨스토이는 실례로, 러시아 두호보르파 기독교인들이 이른바 '전쟁에 맞선 전쟁'(〈두 전쟁〉, 1898)에 나섰던 사례를 소개한다. 러시아 전제 정부의 온갖 탄압과 악행, 폭력에도 불구하고, 이들이 신의 법칙을 거스르는 요구사항에 복종하지 않음으로써 수백만의 눈을 뜨게 했다는 것이다. 또한 〈끝이 가까워온다〉(1896)에서는 어느 네덜란드 사회주의자 청년의 병역거부 사유서를 전달받아 그대로 소개하며 지론을 펼친다. 입대

명령서를 받고 청년은 인간 본성과 이성에 내재한 '죽이지 말라'는 계율을 지키겠다고 선언한다. 양심의 요구에 따름으로써 비록 무거운 처벌을 받는다고 해도 구령에 맞춘 살해나 부당한 질서유지에 동원되어 자국의 노동자들에게 위협 또는 위해를 가하는 행위는 거부하겠다는 것이다.

그리하여 톨스토이는 이런 일들이 만인의 병역거부로 이어져 군대를 폐지함으로써 인류가 전쟁의 소멸을 향해 나아가기를 촉구한다. 전쟁 없이 살아갈 인류의 가능성을 조망한 것이다. 그러나 그것이 국가가 주도하는 국제 평화단체의 조직(〈평화회의 문제에 대해〉, 1899)을 통해 이뤄질 수 있다고는 보지 않았다. 그에게는 어떤 사고가 구체적 표현을 얻기까지 시간이 걸리지만, 그 표현이 적용되는 과정에서 사람들의 의식이 성장하리라는 인류의 진보에 대한 믿음이 있었다. 상호성에 기반한 인간의 성장에 의해 이성과 도덕 감정에 반하는 난폭한 형태의 군대가 철폐되고, 전쟁으로 대표되는 온갖 폭력이 막을 내리는 평화사회를 그는 갈구한 것이다. 노예제도가 간단치 않은 역사 과정을 통해 폐지된 것처럼 말이다. 평화의 달성 과정에서 사람들이 거짓된 신앙에서 벗어나 참된 기독교의 가르침에 접근하려면, 목회자들이 진리인 양 내세우는 갖가지 우화들에서 탈피하여 완전한 자유(〈특무상사에게 보내는 편지〉, 1899)를 찾아야 한다. 그리하여 누군가 타자를 인간 이하로 설정하여 '남에게 대접받기 위해 남을 강제하지' 않고, '타인이 그대를 상대하기를 바라는 대로 타인을 상대하는' 기독교의 기본 윤리에 따라 모든 사람이 형제임을 인정하고 각자가 사랑으로 서로를 섬기는 상호성의 원칙((유일한 수단), 1901)이 대안으로 떠오른다.

이러한 '지상의 평화'라는 이상에서 '도덕 혁명'을 관통하는 주조음은 탈민족, 탈국가, 탈애국이라고 해도 과언이 아니다. 그 원천은 평화 사상가로서의 톨스토이가 '악인에게 맞서지 말라'는 복음서 구절을 창조적으로 변형시킨 '악에 폭력으로 저항하지 않기неprотивление злу насилием', 즉 비폭력 저항 사상이다. 톨스토이는 '자신이 당하고 싶지 않은 일은 다른 사람에게 행하지 말라'(마태복음 7장 12절, 누가복음 6장 31절의 변주)는 황금률의 보편종교적, 기독교적 윤리관을 바탕으로 나의 유일한 적은 나를 억압하고 불행하게 만드는 정부를 떠받치는 '나 자신'이라고 역설했다. 애국주의의 이중 잣대는 자유주의 시대에 이르러 국가보다는 오히려 자본의 탐욕을 교묘하게 전가하고 감추는 방식으로 변신을 거듭한다. 지금은 핵무기가 나라(혹은 공동체)를 지킬 수 있는 시대가 아니다. 오히려 공동체와 관련된 갈등 극복은 인류의 공동선 찾기 노력에서 나올 것이다.

최상의 사회구조를 향한 인류의 전진 운동에서 평화는 공동체의 문제가 공유되고 약자의 고통이 가시화되어 공감을 얻고 분담이 이뤄지는 과정일 것이다. 또한 거기서 주체는 자유와 의존의 경계에 역설적으로 놓인 인간이며, 그는 자유롭고 자기 행동에 책임을 지는 사람이다. 새로운 삶의 조건을 향한 길에서 그러한 주체가 재산과 자유, 인간적 존엄을 온전히 빼앗기고 살아가는 상황을 상정하기는 어렵다.

선과 인간 존엄성에 대한 흔들림 없는 믿음에 기반한 톨스토이의 장대한 사유는 일종의 '번역의 곤경'이자 번역자로서는 하나의 고비였다. 그래도 강물로 도도히 흐르는 사유의 샘물을 감촉하며 용기를 얻는 순간이 있었다. 국내에는 이번에 번역된 글 가운데 2편 정도가 중역되어 나온 것으로 보인다. 나머지는 톨스토이 원문을 처음 번역한 것이다.《톨스토이 전집》(모스크바, 예술문학출판사, 1928~1958) 가운데 제31권, 제39권, 제34권, 제90권에 실린 비폭력, 반전 평화론을 선별하여 번역했다.

1828년(출생)　　8월 28일(신력 9월 9일), 야스나야 폴랴나에서 니콜라이 일리치 백작과 마리야 니콜라예브나 사이의 4남 1녀 중 넷째로 태어나다.

1830년(2세)　　8월 4일 어머니 마리야 니콜라예브나가 여동생을 낳다 사망하다.

1837년(9세)　　1월 모스크바로 이사. 7월 21일 아버지 니콜라이 일리치 백작 사망. 숙모가 다섯 남매의 후견인이 되다.

1844년(16세)　　형제들과 함께 카잔으로 이사. 카잔대학교 동양어학과에 입학하다.

1845년(17세)　　법학과로 전과하다.

1847년(19세)　　카잔대학교를 중퇴하고 야스나야 폴랴나로 귀향하다. 농민들의 가난한 삶을 목격하고 그들을 돕기 위해 노력했으나 좌절하다.

1848~1849년　　모스크바와 페테르부르크를 오가며 법학 공부를 계속하
(20~21세)　　지만 졸업 시험에서 탈락하다. 사교계 생활과 도박, 사냥 등에 빠져 방황하며 경제적 어려움에 직면. 바흐, 쇼팽 등의 음악에 심취하여 피아노 연주에 탐닉하다. 야스나야 폴랴나에 돌아와 농민학교를 열지만 만족할 만한 성공을 거두지 못하다.

1851년(23세)　　큰형 니콜라이를 따라 캅카스로 떠남. 지원병으로 참전. 〈어린 시절〉 집필.

1852년(24세)　　포병 부사관으로 포병대 입대. 문예지 《동시대인》에 〈어

린 시절〉이 게재되고 극찬을 받다.

1853년(25세)	퇴역한 큰형을 따라 톨스토이도 퇴역하려 했으나 터키와의 전쟁으로 군 복무가 연장되다.
1854년(26세)	1월 장교로 승진. 몇몇 장교들과 함께 〈군사 신문〉 발행 계획을 세웠으나 당국에 의해 금지됨. 11월 세바스토폴에서 크림전쟁에 참전하다. 〈소년 시절〉 발표.
1855년(27세)	6월 《동시대인》에 〈세바스토폴 이야기〉 발표. 크림전쟁 패배 후 군에서 제대하다. 12월 페테르부르크에서 투르게네프 등 작가들과 만나다.
1856년(28세)	〈세바스토폴 이야기〉 연재 계속. 12월 소설 〈지주의 아침〉 발표.
1857년(29세)	《동시대인》에 〈청년 시절〉 발표. 유럽여행을 다녀와 야스나야 폴랴나에 정착. 농사일을 하다.
1858년(31세)	〈세 죽음〉 발표.
1859년(32세)	〈가정의 행복〉 발표. 농민 자녀를 위한 학교 개설.
1860년(32세)	교육 문제에 관심을 두고 〈국민 보통 교육 초안〉을 기초함. 7월 두 번째 유럽 여행을 떠나다. 9월 큰형 니콜라이 사망.
1862년(34세)	교육 잡지 《야스나야 폴랴나》 간행. 소피야 안드레예브나와 결혼하다.
1863년(35세)	〈카자흐 사람들〉 발표. 맏아들 세르게이가 태어나다.
1864년(36세)	작품집 1, 2권 간행. 딸 타티야나가 태어나다.
1865년(37세)	《러시아 통보》에 《1805년》(《전쟁과 평화》 1, 2권) 발표.
1866년(38세)	둘째 아들 일리야가 태어나다.
1867년(39세)	《전쟁과 평화》 3, 4권 집필.
1868년(40세)	《전쟁과 평화》 5권 집필.
1869년(41세)	《전쟁과 평화》 6권 집필. 셋째 아들 레프가 태어나다.
1871년(43세)	둘째 딸 마리야가 태어나다. 《철자법 교과서》 집필.
1873년(45세)	《안나 카레니나》 집필 시작. 러시아 과학 아카데미 언어·문화 분과 준회원으로 선출됨. 사마라 지방에 온 가족과

함께 가 기근 구제사업을 하다.

1875년(47세) 《러시아 통보》에 《안나 카레니나》 연재를 시작하다.

1877년(49세) 《안나 카레니나》 탈고. 넷째 아들 안드레이가 태어나다.

1878년(50세) 《안나 카레니나》 단행본 출간.

1879년(51세) 다섯째 아들 미하일이 태어나다.

1880년(52세) 《고백》을 탈고했으나 출판이 금지되다. 성서번역에 착수.

1881년(53세) 단편소설 〈사람은 무엇으로 사는가〉 집필. 알렉산드르 2
세 황제 암살에 가담한 혁명가들의 사형집행을 반대하는
청원을 황제에게 제출하다. 가족과 함께 모스크바로 이
주. 톨스토이 자신은 모스크바와 야스나야 폴랴나를 오가
며 생활하다.

1882년(54세) 모스크바 인구 조사에 참가하다. 이 조사를 통해 노동자
들의 비참한 현실을 깨닫게 된다. 〈모스크바에서의 민세
조사에 대하여〉, 〈교회와 국가〉 발표.

1883년(55세) 《나의 신앙은 어디에 있는가》 탈고.

1884년(56세) 야스나야 폴랴나에서 첫 번째 가출 시도. 셋째 딸 알렉산
드라가 태어나다.

1885년(57세) 〈바보 이반〉, 〈두 노인〉, 〈촛불〉, 〈사랑이 있는 곳에 하나님
이 계시다〉, 〈홀스토메르〉 등을 집필하다.

1886년(58세) 단편소설 〈세 수도승〉, 중편소설 〈이반 일리치의 죽음〉,
희곡 〈어둠의 힘〉 등을 집필.

1887년(59세) 《인생에 대하여》, 중편소설 〈크로이체르 소나타〉 집필.

1888년(60세) 모스크바에서 야스나야 폴랴나까지 도보로 여행하다. 여
섯째 아들 이반이 태어나다.

1889년(61세) 희곡 〈계몽의 열매〉, 중편소설 〈악마〉 집필.

1890년(62세) 중편소설 〈세르게이 신부〉 집필.

1891년(63세) 저작권을 거부하고 1881년 이전까지 발표한 모든 작품의
저작권 포기 각서에 서명하다. 중앙 러시아, 동남 러시아
등 기근이 발생한 지역의 농민 구제를 위해 활동. 〈기근
보고〉, 〈법원에 관해서〉 등을 집필하다.

1892년(64세)	〈신의 나라는 네 안에 있다〉 탈고.
1895년(67세)	단편 우화 〈주인과 일꾼〉 탈고. 여섯째 아들 이반 사망. 《부활》 집필 시작.
1896년(68세)	희곡 〈그리고 빛은 어둠 속에서 빛난다〉 탈고. 《부활》 집필 중단. 중편 〈하지 무라트〉 초판본 완성.
1897년(69세)	〈예술이란 무엇인가〉 집필.
1898년(70세)	두호보르 교도의 캐나다 이주 지원 자금 마련을 위해 《부활》 집필을 다시 시작하다. 지속적으로 기근 구제사업을 전개하다.
1899년(71세)	잡지 《니바》에 《부활》 연재 시작. 《부활》 탈고.
1900년(72세)	〈우리 시대의 노예제〉, 〈애국심과 정부〉 발표.
1901년(73세)	종무원이 톨스토이의 파문을 결정. 〈종무원 결정에 대한 답변〉 집필, 3월 페테르부르크 학생 시위에서 폭력 진압이 발생하자, 이에 항의하는 호소문을 작성. 크림반도로 요양을 떠나다.
1902년(74세)	〈신앙이란 무엇이며, 그 본질은 무엇인가〉, 〈노동하는 민중들에게〉 등을 발표. 폐렴과 장티푸스로 병의 상태가 악화되다. 6월 야스나야 폴랴나로 돌아옴.
1903년(75세)	회고록과 셰익스피어에 대한 논문 집필.
1904년(76세)	러일 전쟁에 대하여 전쟁 반대론을 펼친 〈재고하라〉 발표. 〈하지 무라트〉 개작 완료. 8월 형 세르게이 사망.
1905년(77세)	논설 〈세기말〉, 〈러시아의 사회 운동에 대하여〉, 단편소설 〈항아리 알료샤〉, 〈코르네이 바실리예프〉, 중편소설 〈표도르 쿠지미치 신부의 유서〉 집필.
1906년(78세)	둘째 딸 마리야 사망.
1907년(79세)	농민 자녀 교육을 재개하다. 어린이를 위한 《독서계》 창간. 톨스토이 비서 구세프가 체포되다.
1908년(80세)	탄생 80주년 축하회가 열리다. 사형 제도에 반대해 〈나는 침묵할 수 없다〉, 〈폭력의 법칙과 사랑의 법칙〉 발표.
1909년(81세)	중편소설 〈누가 살인자들인가〉 집필. 마하트마 간디로부

터 서한을 받고, 무력으로 악에 맞서서는 안 된다는 내용을 담은 답신을 보냄. 유언장을 작성하다.

1910년(82세)   톨스토이의 유언장으로 인해 가족들 사이에 불화가 일어나자 10월 28일 가출하다. 11월 3일 평생을 써 온 일기에 마지막 감상을 쓰고, 11월 7일 아스타포보 역에서 폐렴으로 사망하다. 11월 9일 태어나서 평생을 보낸 야스나야 폴랴나 숲의 세상에서 가장 작고 소박한 한 평 무덤에 안장되다.

옮긴이 변춘란

경북대학교 대학원 노어노문학과에서 미하일 숄로호프 연구로 석사학위를 받았다. 모스크바 사범대학교 대학원 박사과정에서 공부하고, 경북대학교 대학원 박사과정을 수료했다. 현재 번역가로 활동하고 있으며 러한, 한러 번역을 더불어 진행하고 있다. 2019년 한국문학번역원의 번역지원 공모사업에 선정되어 러시아에서 출간될 현기영 작가의 단편소설집을 번역했다.

톨스토이 사상 선집

죽이지 마라

초판 1쇄 발행 · 2021년 3월 12일

지은이 · 레프 니콜라예비치 톨스토이
옮긴이 · 변춘란
책임편집 · 진승우
디자인 · 주수현

펴낸곳 · (주)바다출판사
발행인 · 김인호
주소 · 서울시 마포구 어울마당로5길 17 5층
전화 · 02-322-3885(편집) 02-322-3575(마케팅)
팩스 · 02-322-3858
이메일 · badabooks@daum.net
홈페이지 · www.badabooks.co.kr

ISBN 979-11-6689-004-8 04800
ISBN 979-11-89932-75-6 04800(세트)